संपादकीय

रोमांच और विचित्रताओं से भरी सिंदबाद की समुद्री यात्राएँ विश्वप्रसिद्ध चर्चित उपन्यास 'सेवन वोयजेस ऑफ सिंदबाद' का हिंदी रूपांतर हैं। सिंदबाद ने अपने जीवन में अनेक कष्टों से गुजरकर सात समुद्री यात्राएँ कीं, जो एक से बढ़कर एक रोमांचकारी थी। अपने अडिग विश्वास, लगन और हिम्मत से इन यात्राओं में आने वाली अनेक बाधाओं को सिंदबाद ने पार किया। वर्षों तक घने जंगलों में, समुद्री तूफानों में, घाटियों में भटकने के बाद बेशुमार धन-दौलत एकत्रित करता हुआ सिंदबाद अपने वतन लौटा और आराम से रहने लगा।

पुस्तक को सरल और सुंदर बनाने के लिए सरल भाषा तथा चित्रों का समावेश किया गया है। केवल बाल पाठकों को ही नहीं, अपितु आशा है कि पुस्तक प्रत्येक वर्ग के पाठकों को रोमांचित करेगी।

सिंदबाद की समुद्री यात्राएँ

हर्षिता

सत्साहित्य प्रकाशन, दिल्ली

प्रकाशक : सत्साहित्य प्रकाशन,

694–ए, (पहली मंजिल) चावड़ी बाजार, दिल्ली–110006

 / संस्करण : 2024 / मूल्य : चार सौ रुपए

मुद्रक : नरुला प्रिंटर्स, दिल्ली ISBN 978-81-7721-118-4

SINDABAD KI SAMUDRI YATRAYEN

by Harshita ₹ 400.00

Published by Satsahitya Prakashan, 694-A, (First Floor)
Chawri Bazar, Delhi-110006

कहाँ क्या है?

सिंदबाद की समुद्री यात्रा

सिंदबाद एक ऐसा व्यक्ति था, जिसने धैर्य, साहस और हिम्मत का ऐसा खेल खेला कि वह दुनिया का सबसे अमीर आदमी बन गया। अपने प्राणों की परवाह किए बिना सिंदबाद ने सात समुद्री यात्राएँ करके अपार धन अर्जित किया और मौत के मुख से जीवित बचकर आ गया।

बहुत पहले खलीफा हारूँ रशीद का शासन था। उस समय वहाँ हिंदबाद नाम का एक गरीब मजदूर भी रहता था। वह बोझा उठाने का काम करता था। दिन-रात कड़ी मेहनत करने के बाद भी उसे दो वक्त की रोटी खाने को नहीं मिलती थी। कभी-कभी तो उसे भूखा ही सोना पड़ता था।

एक दिन गरमी का मौसम था। सूरज आकाश में चमक रहा था। तेज गरमी में हिंदबाद बोझा उठाकर एक स्थान से दूसरे स्थान पर ले जा रहा था। भूख-प्यास और गरमी से वह बेहाल था। अपनी थकान मिटाने के लिए उसने आराम करने की सोची। रास्ते में उसे एक बहुत बड़ा घर दिखाई दिया। उस घर की परछाईं दूर-दूर तक फैली हुई थी। हिंदबाद उस घर की परछाईं में आराम करने के लिए बैठ गया।

उस घर से अनेक प्रकार के इत्र, फुलेल और न जाने कितने प्रकार की खुशबू आ रही थी, जिससे हिंदबाद का मन प्रसन्न हो गया। उस घर

के एक भाग में अनेक पक्षी रहते थे, जिनके मनोहारी कलरव ने उसका मन मोहित कर दिया। दीवार के सहारे ही उस घर की रसोई थी। रसोई में अनेक प्रकार के खाद्य पदार्थ पकाए जा रहे थे। खाद्य पदार्थों की खुशबू ने हिंदबाद की भूख को और भी बढ़ा दिया। वह भूख को सहन नहीं कर पाया और मन-ही-मन सोचने लगा—यह घर निश्चय ही किसी अमीर व्यक्ति का होगा, जिसके पास बेशुमार धन-दौलत है। वह इसी धन-दौलत के सहारे आराम की जिंदगी जी रहा है। अब हिंदबाद के मन में उस घर के मालिक का नाम जानने की उत्सुकता और भी बढ़ गई।

तभी हिंदबाद ने देखा कि उस घर के दरवाजे से कई नौकर बाहर-भीतर आ-जा रहे थे। डरते-डरते हिंदबाद ने एक नौकर से पूछा, "इस घर के मालिक का क्या नाम है?"

नौकर ने कहा, "भाई, तुम भी बड़े विचित्र आदमी हो, जो तुम्हें इस घर के मालिक का नाम नहीं मालूम। क्या तुम परदेशी हो? बगदाद में रहने वाला बच्चा-बच्चा जानता है कि यह घर सिंदबाद का है। सिंदबाद एक जहाजी है, उसने अनेक समुद्री यात्राएँ करके लाखों-करोड़ों की दौलत कमाई है। वह साहसी और हिम्मतवाला है। वह अपनी बुद्धि और युक्ति का प्रयोग करके कठिन-से-कठिन परिस्थितियों का भी डटकर सामना करता है।"

सिंदबाद के विषय में सुनकर हिंदबाद ने आश्चर्यचकित होकर आकाश की ओर हाथ उठाकर कहा, "हे खुदा! तुम ही संसार को बनाते

हो और तुम ही इस संसार का पालन करते हो, तुम्हारी महिमा अपार है। एक ओर सिंदबाद है, जो ऐशो–आराम की जिंदगी जी रहा है। उसके पास अपार धन–दौलत है, दूसरी ओर मैं हूँ, जो दिन–रात मेहनत करके भी अपने परिवार का पेट ठीक से नहीं भर पाता। हम दोनों ही आपके बनाए हुए इनसान हैं, फिर आपने मेरे साथ यह अन्याय क्यों किया, जो मेहनत करने के बाद भी मुझे यह दुःख भरा जीवन बिताना पड़ रहा है?"

इतना कहकर हिंदबाद निराश होकर अपने दुर्भाग्य पर रोने लगा। उसके मन में भगवान् के प्रति क्रोध था। वह जमीन पर पैर पटककर और सिर हिलाकर एक ओर बैठ गया। वह बहुत ही दुःखी और उदास हो गया था।

तभी उस घर से एक नौकर निकलकर बाहर आया और हिंदबाद का हाथ पकड़कर बोला, "हमारे मालिक सिंदबाद ने तुम्हें अंदर बुलाया है। वे तुमसे मिलना चाहते हैं, जल्दी चलो, वरना हमारे मालिक आपसे नाराज हो जाएँगे।"

नौकर की बात सुनकर हिंदबाद डर गया और उसके मन में तरह–तरह के विचार आने लगे। वह सोचने लगा–शायद सिंदबाद ने मेरी बात सुन ली है और मुझे दंड देने के लिए ही अंदर बुलाया है। मैंने अनजाने में यह कैसा अपराध कर दिया। पता नहीं, सिंदबाद अब मुझे माफ करेगा या नहीं?

इन्हीं विचारों में उलझा हुआ हिंदबाद बोला, "मैं तुम्हारे साथ अंदर नहीं जा सकता। मेरा बोझा यहाँ पर पड़ा है। यदि इसे कोई उठाकर ले

गया तो बहुत बड़ी मुश्किल हो जाएगी। जिस आदमी का यह बोझा है, वह मुझे बरबाद कर देगा।"

सेवकों ने हिंदबाद की बात नहीं सुनी और बोले, "तुम्हें हमारे साथ अंदर चलना ही होगा। तुम्हारे बोझ को हम किसी सुरक्षित स्थान पर रखवा देंगे। तुम्हारा कोई नुकसान नहीं होगा। अब देर मत करो और जल्दी हमारे साथ अंदर चलो।"

नौकर जबरदस्ती हिंदबाद को घर के अंदर ले गए। घर बहुत ही बड़ा था। कई आँगन पार करने के बाद उसे एक बड़े दालान में ले जाया गया। वहाँ पर बहुत से आदमी बैठे खाना खा रहे थे। खाने में अनेक प्रकार के सुगंधित व्यंजन परोसे जा रहे थे। खाने को देखकर हिंदबाद के मुख में पानी आ गया और उसकी भूख तेज हो गई।

हिंदबाद ने देखा कि एक आदमी सबके बीच में बैठा था। उसकी लंबी दाढ़ी छाती तक लटक रही थी। उस रईस आदमी के पीछे कई नौकर हाथ जोड़े खड़े थे। ऐसा लग रहा था, मानो सभी नौकर अपने मालिक की आज्ञा का पालन करने के लिए तत्पर हैं। उस रईस आदमी का वैभव और ऐश्वर्य देखकर हिंदबाद घबरा गया।

हिंदबाद ने झुककर सिंदबाद को सलाम किया। सिंदबाद ने हिंदबाद के गंदे और फटे वस्त्रों पर कोई ध्यान नहीं दिया और उसका सलाम कबूल किया तथा दाहिनी ओर बैठने का इशारा किया। हिंदबाद के सामने भी स्वादिष्ट भोजन और मदिरा पात्र रख दिया गया। दूसरे मेहमानों के

साथ हिंदबाद ने भी भरपेट भोजन किया।

उस समय बगदाद में किसी को सम्मानपूर्वक बुलाने के लिए अरबी शब्द से संबोधित किया जाता था। सिंदबाद ने भी कहा, "अरबी! तुम्हारा नाम क्या है? तुम्हें यहाँ देखकर हम बहुत प्रसन्न हैं। तुमने जो बातें गली में कही थीं, हम उन्हें फिर से सुनना चाहते हैं।"

हिंदबाद ने गली में जो कुछ भी कहा था, वह सिंदबाद खुली खिड़की से पहले ही सुन चुका था। अब तो हिंदबाद को अपने कहे हुए शब्द याद आने लगे। शर्म से सिर झुकाकर हिंदबाद ने कहा, "सरकार, मैं भूख-प्यास, थकान और गरमी से इतना व्याकुल था कि मेरे मुख से अनुचित शब्द निकल पड़े। मैं अपनी गलती के लिए क्षमा चाहता हूँ। अपने द्वारा कहे गए अपशब्दों को मैं फिर से सबके सामने नहीं कह सकता। कृपया मेरी गलती क्षमा कर दीजिए।"

सिंदबाद ने कहा, "भई, मैं तुम्हें कोई भी हानि नहीं पहुँचाऊँगा। मैं किसी भी व्यक्ति पर अत्याचार नहीं करता। तुमने जो कुछ भी गली में मेरे विषय में कहा था, उससे तुम्हारा अज्ञान ही प्रकट होता है। तुम्हारी बातों का मुझे तनिक भी बुरा नहीं लगा। मैं तुम पर क्रोधित भी नहीं हूँ। तुम्हारी हालत देखकर मुझे तुम पर दया आ रही है। तुम्हारा दुःख देखकर मुझे बहुत दुःख हो रहा है। देखो, यह धन-दौलत प्राप्त करने और ऐशो-आराम से जिंदगी जीने के लिए मैंने भी कड़ी मेहनत की है। बिना परिश्रम किए तो किसी को कुछ नहीं मिलता। मैंने भी धन को पाने के

लिए अनेक कष्टों को झेला है, तब कहीं जाकर मुझे यह आराम की जिंदगी मिली है।"

इसके बाद सिंदबाद ने कहा, "देखो भाई, पिछले कुछ वर्षों में मैंने अनेक कष्टों का सामना किया है और मुझे बड़े विचित्र अनुभव भी हुए हैं। मैंने इस धन को पाने के लिए सात समुद्री यात्राएँ भी की और अनेक दु:खों को सहन किया। मेरी कहानी सुनकर तुम्हें भी बहुत आश्चर्य होगा। यदि मेरी कहानी सुनना चाहते हो तो मैं सुनाने के लिए तैयार हूँ।"

पहली यात्रा

सिंदबाद ने पहली समुद्री यात्रा का वर्णन करना आरंभ कर दिया–"मुझे बहुत सारी पैतृक संपत्ति मिली थी। उस समय मैं जवानी के जोश में आकर गलत संगत में पड़ गया। अपने मूर्ख दोस्तों के साथ मिलकर मैंने अपनी सारी संपत्ति गँवा दी और दिन-रात भोग-विलास में डूबा रहने लगा। मेरे पिता ने मुझे समझाने की बहुत कोशिश की, लेकिन मैंने उनकी बात नहीं मानी। पिता के देहांत के बाद मैं अपने किए पर पछताने लगा। मुझे अपने पिता की कही बातें याद आने लगीं। मेरे पिता हमेशा यही कहते थे कि गरीबी में जीने से तो मरना अच्छा है। अपने पिता की कही बातों को याद करके मैं अपनी दुर्दशा पर दिन-रात रोता रहता था। पछताने के अलावा मेरे पास दूसरा कोई रास्ता नहीं था।

धीरे-धीरे मैं बहुत गरीब हो गया और मुझमें गरीबी सहने की शक्ति नहीं रही। तब मैंने विवश होकर अपना सारा सामान बेच दिया और सब पैसे लेकर समुद्री व्यापारियों के पास चला गया। मैंने उन व्यापारियों से व्यापार के विषय में जानकारी ली और समुद्री व्यापार करने का निश्चय किया। इसके बाद मैंने थोड़ा सा सामान खरीद लिया और एक जहाज पर किराया देकर अपना सामान लाद दिया। मैं स्वयं भी सामान के साथ ही जहाज पर सवार हो गया। कुछ ही देर में जहाज

अपनी व्यापार-यात्रा के लिए चल दिया।

जहाज फारस की खाड़ी से होकर गुजरता हुआ फारस देश में पहुँच गया। फारस देश अरब के बाईं ओर बसा है। फारस की खाड़ी की लंबाई ढाई हजार मील और चौड़ाई सत्तर मील थी। इससे पहले मैंने कभी समुद्री यात्रा नहीं की थी। इसलिए कई दिनों तक मेरी तबीयत खराब रही और मैं समुद्री बीमारियों से पीड़ित हो गया। धीरे-धीरे मेरे स्वास्थ्य में सुधार हुआ।

रास्ते में हमें कई टापू मिले। इन टापुओं पर उतरकर हमने माल बेचने और खरीदने का काम किया। इस द्वीप के विषय में किसी भी व्यक्ति को कोई जानकारी नहीं थी। जहाज के मालिक ने हमसे कहा कि यदि तुम चाहो तो इस द्वीप की सैर कर सकते हो।

मैं और दूसरे व्यापारी जहाज पर बैठे-बैठे ऊब चुके थे। मन बहलाने के लिए हमने सोचा कि इस द्वीप की सैर कर लेनी चाहिए। हमने अपने साथ कुछ खाने का सामान लिया और नाव में बैठकर उस द्वीप पर पहुँच गए। कुछ देर तक तो हम इधर-उधर घूमते रहे, किंतु जब हमने खाना पकाने के लिए आग जलाई तो वह द्वीप हिलने लगा। सभी व्यापारी भय से काँपने लगे और जोर-जोर से चिल्लाकर कहने लगे कि यदि जान बचानी है तो भागकर जहाज पर चलो। यह तो बड़ी मछली की पीठ है, यह टापू नहीं है। यदि कुछ देर हम यहाँ और रुके तो अवश्य ही भगवान् को प्यारे हो जाएँगे।

इतना कहकर सभी व्यापारी मछली की पीठ से कूदकर जहाज की छोटी नाव पर बैठ गए। मैं मूर्ख था, जल्दी से भागकर जहाज की छोटी नाव पर न बैठ सका। धीरे-धीरे नाव जहाज की ओर बढ़ने लगी। दूसरी ओर हमने जब खाना पकाने के लिए आग जलाई तो वह मछली जाग गई और उसने पानी में गोता लगा लिया।

अब मैं पानी में बहने लगा। मुझे अपने बचाव का कोई रास्ता दिखाई नहीं दे रहा था। मेरे पास एक लकड़ी थी, जिसे मैं आग जलाने के लिए अपने साथ लाया था। मैंने उसी लकड़ी का सहारा लिया और समुद्र में तैरने लगा। लेकिन मेरे पहुँचने से पहले ही जहाज लंगर उठाकर चल दिया।

समुद्र के गहरे जल में मैं एक दिन और एक रात तैरता रहा। थकान के कारण मेरे शरीर की सारी शक्ति समाप्त हो गई और मुझ में इतनी शक्ति भी नहीं रही कि तैरने के लिए हाथ-पाँव चला सकूँ। मुझे लगा कि अब मैं समुद्र में डूबने वाला हूँ। तभी समुद्र में बड़ी लहर आई और मैं किनारे पर आ लगा। वह किनारा भी समतल नहीं था, बल्कि ढलान वाला था। मैं बड़ी कठिनाई से गिरता-पड़ता पेड़ों की शाखाओं को पकड़ता हुआ ऊपर पहुँच गया और एक मुरदे के समान जमीन पर लेट गया। सारी रात मैं इसी प्रकार लेटा रहा।

सुबह होते ही जब मेरी बेहोशी दूर हुई तो मेरे पैरों की शक्ति समाप्त हो चुकी थी। मैं पैदल चलने की स्थिति में बिलकुल नहीं था।

भूख के कारण मेरा बुरा हाल था। मैं घुटने के बल घिसटता हुआ चलने लगा। थोड़ी दूर चलकर मैंने देखा कि एक मीठे पानी का झरना था। मैंने ठंडा-ठंडा पानी पिया तो थोड़ी जान आ गई। इधर-उधर से खोजकर मैंने मीठे-मीठे फल खाकर अपनी भूख मिटा ली। इसके बाद उसी द्वीप पर इधर-उधर घूमने लगा।

तभी मैंने देखा कि द्वीप पर एक बहुत सुंदर घोड़ी घास चर रही थी। वह घोड़ी एक खूँटे से बँधी थी। तभी मुझे जमीन के नीचे से कुछ लोगों के बात करने की आवाजें सुनाई दीं। थोड़ी देर बाद जमीन से निकलकर एक आदमी मेरे पास आकर कहने लगा, "तुम्हारा क्या नाम है और तुम यहाँ क्या करने आए हो?"

मेरा हाल सुनकर वह आदमी मुझे एक तहखाने में ले गया। उस तहखाने में पहले से ही कई आदमी और बैठे थे। उन्होंने मुझे खाना खिलाया। मैंने जब उनसे उत्सुकतावश पूछा कि तुम लोग इस सुनसान द्वीप में तहखाने में क्यों बैठे हो, तो उन्होंने कहा, "हम सब बादशाह के नौकर हैं। इस द्वीप के स्वामी बादशाह हैं। वे साल में एक बार अपनी अच्छी घोड़ियों को यहाँ भेजते हैं। जब घोड़ी के बच्चे पैदा होते हैं तो वे बच्चे राजघराने के लोगों की सवारी के काम आते हैं। हम घोड़ियों को यहाँ बाँधने के बाद छिप जाते हैं। कल हम सब भी अपनी राजधानी वापस लौट जाएँगे।"

मैंने उन लोगों से कहा कि तुम मुझे अपने साथ ले चलो। मैं रास्ता

भटक गया हूँ। इस द्वीप से तो मैं कभी भी अपने देश नहीं जा सकता। हम सब आपस में बातें कर रहे थे कि हमने देखा, एक दरियाई घोड़ा समुद्र से निकलकर एक घोड़ी को मारने की कोशिश करने लगा। तभी नौकर लोग घोड़े की ओर दौड़े और दरियाई घोड़ा समुद्र में छिप गया। दूसरे दिन सारी घोड़ियों को इकट्ठा करके वे सब राजधानी लौट गए। उन्होंने मुझे अपने बादशाह के सामने पेश कर दिया। मैंने अपना सारा हाल बादशाह को बता दिया। बादशाह का दिल पसीज गया और मुझ पर दया आ गई। बादशाह ने अपने सेवकों से कहा कि इस आदमी को यहाँ किसी प्रकार की परेशानी नहीं होनी चाहिए। इस प्रकार मैं वहाँ पर आराम से रहने लगा।

मैं वहाँ पर व्यापारियों और बाहर से आने-जाने वाले सभी व्यक्तियों से मिलने लगा, ताकि बगदाद पहुँचने में मुझे किसी की मदद मिल जाए। यह नगर बहुत बड़ा और सुंदर था। यहाँ के बंदरगाह पर कई देशों के जहाज लंगर डालते थे। मैं हिंदुस्तान और कई देशों के आदमियों से मिलता था। मैं उनके रीति-रिवाजों के विषय में पूछता था और वे लोग मेरे रीति-रिवाजों के विषय में पूछते थे। इस प्रकार मैं कई देशों के लोगों के संपर्क में आ गया और मेरी जान-पहचान बढ़ गई।

उस राज्य में एक द्वीप था, जिसका नाम 'सील' था। उस द्वीप के विषय में कहा जाता था कि वहाँ से रात-दिन ढोल बजने की आवाज आती है। वहाँ के मुसलमानों का विश्वास था कि सृष्टि के अंत में एक झूठा और अधार्मिक आदमी पैदा होगा, जो स्वयं को ईश्वर कहेगा। वह

आदमी काना होगा और उसकी सवारी गधा होगी।

मैं भी एक बार उस द्वीप को देखने गया। समुद्र में मैंने बहुत बड़ी-बड़ी मछलियाँ देखीं। कुछ मछलियाँ तो दो सौ हाथ लंबी थीं और कुछ इससे भी अधिक लंबी। उन मछलियों को देखकर मनुष्य को बहुत डर लगता था। उनका शरीर इतना विशाल था कि निडर आदमी भी आसानी से डर जाता था। लेकिन वे मछलियाँ बहुत ही डरपोक थीं। यदि वे तख्ते पर किसी की आवाज सुन लेतीं तो तुरंत ही भाग जाती थीं। वहाँ दूसरी विचित्र मछलियाँ भी थीं, जिनकी लंबाई सिर्फ एक हाथ के बराबर थी और उनका मुख उल्लू के समान था। मैंने वहाँ पर बहुत दिनों तक सैर-सपाटा करके अनेक विचित्र वस्तुएँ देखीं।

एक दिन मैं उस नगर के बंदरगाह पर जाकर खड़ा हो गया। तभी एक जहाज वहाँ पर आया और उसने लंगर डाल दिया। उस जहाज में से कई व्यापारी उतरे। सभी व्यापारियों के हाथ में सामान की गठरी थी। वे सब व्यापार करने के उद्देश्य से यहाँ आए थे। सभी व्यापारियों की गठरियाँ जहाज के ऊपर तख्त पर रखी थीं और वे किनारे से साफ दिखाई दे रही थीं। मैंने देखा कि उन गठरियों में से एक गठरी पर मेरा नाम लिखा था। मैंने अपनी गठरी को पहचान लिया। मैंने बसरा में जहाज पर अपनी गठरी को लादा था। जहाज के कप्तान को विश्वास हो गया था कि मैं पानी में डूबकर मर चुका हूँ। जब मैं जहाज के कप्तान के पास गया तो उसने मुझे नहीं पहचाना। चिंता और कठिनाइयों को झेलने के

कारण मेरी सूरत बदल गई थी। जहाज के कप्तान को मुझे पहचानने में बहुत कठिनाई हो रही थी।

मैंने जहाज के कप्तान से पूछा कि यह लावारिस समान की जो गठरी पड़ी है, वह किसकी है? जहाज के कप्तान ने कहा, "एक बार बगदाद का व्यापारी सिंदबाद हमारे जहाज पर चढ़ा था। हमारा जहाज चला जा रहा था कि रास्ते में हमें एक टापू दिखाई दिया। सभी व्यापारी उस टापू पर उतर गए। बाद में हमें पता चला कि वह टापू नहीं एक विशालकाय मछली थी, जो सागर के ऊपर सो रही थी। जैसे ही व्यापारियों ने खाना पकाने के लिए आग जलाई तो वह मछली जाग गई। पहले तो वह मछली धीरे-धीरे हिली और फिर समुद्र में गोता लगा गई। सभी व्यापारी नाव की सहायता से या तैरकर जहाज पर चढ़ गए, किंतु बेचारा सिंदबाद पानी में डूब गया और उसकी गठरी जहाज पर ही रह गई। अब मैंने निश्चय कर लिया है कि इस गठरी का सामान बेचकर जो रुपए मिलेंगे, उन्हें बगदाद पहुँचाकर सिंदबाद के परिवार वालों को दे दूँगा। उन रुपयों से उसके परिवार वालों का कुछ दिन तो खर्चा चल ही जाएगा और उनकी परेशानी भी कम हो जाएगी।"

जहाज के कप्तान से मैंने कहा कि सिंदबाद अभी मरा नहीं है, बल्कि जीवित है। मैं ही सिंदबाद हूँ और उस गठरी के पास वाली सभी गठरियाँ मेरी हैं। जहाज के कप्तान को मेरी बात पर यकीन नहीं हुआ। वह बोला, "भाई, तुम तो बड़े ही चालाक हो, सिंदबाद का माल हड़पने

के लिए तुम स्वयं ही सिंदबाद बन गए। शक्ल से तो तुम भोले दिखाई देते हो, लेकिन बहुत बड़े धोखेबाज हो। जहाज के सभी व्यापारी इस बात की गवाही दे सकते हैं कि सिंदबाद पानी में डूबकर मर चुका है। मुझे तुम्हारी बात पर यकीन नहीं है। मैं तुम्हें यह गठरी बिलकुल नहीं दूँगा।"

तब मैंने कहा, "सोच-समझकर बात करो। मेरी बात सुने बिना ही तुमने मुझे झूठा समझ लिया।" तब मैंने उसे अपना हाल बताया कि मैं किस प्रकार लकड़ी के सहारे एक दिन और एक रात पानी में तैरता रहा। गिरता-पड़ता किसी सुनसान द्वीप में पहुँच गया और बादशाह के नौकरों द्वारा पकड़कर बादशाह के सामने पेश कर दिया गया।

जहाज के कप्तान को मेरी बात पर जरा भी विश्वास नहीं हुआ। उसने मुझे ध्यान से देखा तो पहचान लिया। सभी मुझे जीवित देखकर बहुत खुश हुए और नया जीवन मिलने की खुशी में मुझे बधाई दी। सभी जहाजियों ने आसमान की ओर हाथ उठाकर भगवान् को धन्यवाद दिया।

मुझे जीवित देखकर जहाज के कप्तान ने मुझे गले से लगाया और रोने लगा। उसने कहा, "भगवान् की दया से तुम बच गए। अब तुम अपना माल स्वयं सँभालो और अपनी इच्छानुसार ही बेचो।"

जहाज के कप्तान की ईमानदारी से मैं बहुत खुश हुआ। मैंने कहा, ''भाई, इसमें से थोड़ा माल तुम भी ले लो।'' पर उसने सारा माल मुझे वापस कर दिया। मेरे माल में से उसने कुछ भी नहीं लिया।

इसके बाद मैंने कुछ सुंदर और कीमती वस्तुएँ अपने माल में से

निकालीं और बादशाह को भेंट कर दीं। बादशाह भी उन वस्तुओं को लेकर बहुत खुश हुए। मेरी वस्तुओं से भी कीमती वस्तुएँ बादशाह ने मुझे भेंट में दीं। बादशाह के पूछने पर मैंने उन्हें सबकुछ बता दिया कि मुझे वे कीमती वस्तुएँ कहाँ से और कैसे प्राप्त हुईं।

इसके बाद मैंने बादशाह से विदा ली। मैंने अपना सारा माल वहाँ पर बेच दिया और उस देश में पैदा होने वाली वस्तुएँ, जैसे चंदन, आबनूस, जायफल, लौंग, कपूर, कालीमिर्च आदि खरीद लीं और फिर से जहाज पर सवार हो गया। इसके बाद हमारा जहाज चलने लगा।

कई देशों और टापुओं से होकर गुजरता हुआ हमारा जहाज बसरा के बंदरगाह पर पहुँच गया। वहाँ से मैं स्थल मार्ग से होता हुआ बगदाद पहुँच गया।

इस व्यापार में मुझे एक लाख दीनार का मुनाफा हुआ। जब मैं अपने परिवारवालों से मिला तो वे मुझे सकुशल देखकर बहुत खुश हुए। मैंने एक विशाल भवन बनवाया और उसमें कई दास-दासियाँ रख लीं। मैं अपने महल में आराम से रहने लगा। थोड़े ही समय में मैं अपनी यात्रा के सब कष्टों को भूल गया।

दूसरी यात्रा

दूसरे दिन हिंदबाद नए कपड़े पहनकर फिर सिंदबाद के पास आ गया और दूसरी यात्रा का वर्णन सुनने की इच्छा प्रकट की। सिंदबाद ने हिंदबाद की कुशलता पूछी और सम्मानपूर्वक बिठाया। सिंदबाद के पास दूसरे मेहमान भी आ गए। सबके लिए स्वादिष्ट भोजन परोसे गए। खाना खाने के बाद सिंदबाद ने कहा, "अब मैं तुम्हें दूसरी समुद्री यात्रा की कहानी सुनाता हूँ।" सब लोग कहानी सुनने के लिए शांत हो गए। तब सिंदबाद ने दूसरी समुद्री यात्रा की कहानी इस प्रकार सुनानी आरंभ की–

दोस्तो! पहली यात्रा में मैंने जो कष्ट सहन किए, उन्हें देखते हुए मैंने निश्चय कर लिया था कि कभी समुद्री यात्रा नहीं करूँगा। समुद्री व्यापार करने से तो अच्छा है कि अपने ही नगर में आराम से रहूँ। मेरे पास इतना धन है कि पूरी जिंदगी आराम से गुजार सकता हूँ। लेकिन मुझे खाली बैठना अच्छा नहीं लगा, क्योंकि मैं धीरे-धीरे आलसी होने लगा था। फिर मैंने निश्चय कर लिया कि नई यात्रा करूँ और नए देशों, वादियों, पहाड़ों को देखूँ।

इसके बाद मैंने व्यापार योग्य वस्तुएँ खरीदीं और अपने विश्वासपात्र व्यापारियों के पास चला गया। वहाँ मैंने व्यापार यात्रा का कार्यक्रम निश्चित किया और जहाज पर रवाना हो गया। हम लोग जहाज

से कई देशों और द्वीपों में गए। वहाँ हमने वस्तुओं का लेन-देन किया। एक दिन हमारा जहाज हरे-भरे द्वीप के किनारे पहुँचा। उस द्वीप में सुंदर और मीठे फलों के अनेक वृक्ष थे, जिनकी खुशबू चारों ओर फैल रही थी।

हम लोग सैर करने के लिए उस द्वीप पर उतर गए। वह द्वीप बिलकुल सुनसान था। वहाँ मनुष्य तो क्या, किसी पक्षी का भी नामोनिशान नहीं था। मैंने दूर-दूर तक नजर दौड़ाई, लेकिन वहाँ मनुष्य के होने के कोई भी चिह्न दिखाई नहीं दे रहे थे। मेरे साथी थके हुए और भूखे थे। उन्होंने पेड़ से फल तोड़कर खाने शुरू कर दिए। लेकिन मैं तालाब के किनारे बैठकर खाना खाने लगा। थकावट दूर करने के लिए मैंने थोड़ी सी शराब भी पी ली।

शराब बहुत तेज थी। मुझे शराब का ऐसा नशा चढ़ा कि वहीं बहुत देर तक सोता रहा। नींद खुलने पर मैंने देखा कि मेरे साथी वहाँ पर नहीं थे। मैं वहाँ पर अकेला ही था। हमारा जहाज समुद्र में बहुत आगे बढ़ चुका था। देखते-ही-देखते जहाज मेरी आँखों से ओझल हो गया।

जहाज के चले जाने का मुझे बहुत दुःख हुआ। मैं सोचने लगा कि मैं सुनसान द्वीप में ही मर जाऊँगा। मेरे मरने की खबर भी मेरे घरवालों को नहीं मिलेगी। मैं जोर-जोर से रोने लगा। मैंने अपनी छाती पीटनी शुरू कर दी। मुझे अपने किए पर पछतावा हो रहा था कि मैंने दूसरी यात्रा क्यों आरंभ की। पिछली यात्रा में आई मुसीबतों को मैं कैसे भूल गया?

आखिर मैं कब तक रोता रहता। मैं खुदा का नाम लेकर उठा और इधर–उधर देखने लगा कि शायद कोई रास्ता दिखाई दे जाए। जब कोई भी रास्ता दिखाई नहीं दिया तो मैं एक पेड़ पर चढ़ गया और रात गुजारने के लिए कोई सुरक्षित स्थान देखने लगा। दूर तक मुझे द्वीप के पेड़, समुद्र का पानी और आकाश के अलावा कुछ भी दिखाई नहीं दे रहा था।

थोड़ी देर बाद मुझे उस टापू पर एक सफेद चीज दिखाई दी, लेकिन मेरी समझ में यह नहीं आ रहा था कि आखिर वह क्या चीज है? मैंने सोचा, शायद वहीं पर रहने का ठिकाना मिल जाए, इसलिए मैं उस सफेद चीज के पास चला गया। मैं अपने साथ बचा हुआ खाना भी ले गया। पास जाकर देखा कि वह सफेद चीज एक गुंबद के समान है, जिसका कोई दरवाजा नहीं है। वह इतना चिकना था कि उस पर चढ़ना भी बहुत कठिन था।

उस सफेद चीज के चारों ओर पचास कदम चलकर ही घूमा जा सकता था। तभी वहाँ पर बिलकुल अँधेरा छा गया। मुझे आश्चर्य इस बात का था कि शाम का समय होने पर भी वहाँ अँधेरा कैसे हो गया। तभी मैंने देखा कि एक विशालकाय पक्षी मेरी ओर ही उड़कर आ रहा है। इतना बड़ा पक्षी मैंने पहले कभी सपने में भी नहीं देखा था। मैं उस पक्षी को देखकर डर गया।

पहली यात्रा में मुझे कुछ जहाजियों ने बताया था कि एक रूख नाम का बहुत बड़ा पक्षी होता है। मैंने अपने मन में सोचा कि यह सफेद

विशाल वस्तु मादा रूख का अंडा होगा। तभी वहाँ पर मादा रूख आई और अंडे पर बैठकर उसे सेने लगी। मादा रूख का एक पाँव मेरे पास पड़ गया। उसका नाखून एक बड़े पेड़ की जड़ के समान था।

मैंने सोचा कि यहाँ से जाने का कोई रास्ता दिखाई नहीं दे रहा। मैंने अपना शरीर पगड़ी से बाँधकर मादा रूख के एक नाखून से कसकर बाँध दिया, क्योंकि यह पक्षी जब उड़ेगा तो मैं भी इसके साथ चला जाऊँगा।

सुबह होने पर वह पक्षी बहुत ऊँचाई पर उड़ने लगा। वहाँ से पृथ्वी भी बड़ी मुश्किल से दिखाई दे रही थी। थोड़ी ही देर में वह पक्षी एक जंगल में उतर गया। मैंने जमीन पर पहुँचते ही उसके नाखूनों से अपनी पगड़ी की गाँठ खोलकर स्वयं को अलग कर लिया।

तभी वहाँ पर एक बहुत बड़ा अजगर आया। अजगर को मादा रूख ने अपने पंजों में जकड़ा और फिर से उड़ गई।

बहुत नीची और खड़ी ढलान की घाटी पर मादा रूख ने मुझे छोड़ा था। वह जगह इतनी खराब थी कि वहाँ पर कोई भी मनुष्य आसानी से नहीं आ सकता था और न ही जा सकता था। यह जगह तो उस द्वीप से भी खराब थी। वहाँ पर अनगिनत हीरे पड़े थे। हीरे बहुत ही बड़े आकार के थे। कुछ हीरों का तो आकार इतना बड़ा था कि उनकी कल्पना भी मनुष्य नहीं कर सकता। मैंने एक चमड़े की थैली में बहुत सारे हीरे भर लिये। हीरे पाकर मैं बहुत प्रसन्न हुआ। लेकिन शाम को जब मैंने वहाँ पर बड़े-बड़े अजगर और साँप घूमते देखे तो मैं बहुत दुःखी हुआ। अपनी

मृत्यु को सामने देखकर मैं बहुत भयभीत हुआ और हीरे मिलने की सब खुशी जाती रही।

विशालकाय अजगर और साँपों को देखकर डरना तो स्वाभाविक ही था। साँप और अजगर दिन में रूख के डर से खोहों में छिपे रहते थे और शाम होते ही बाहर निकल आते थे। मैंने चारों ओर नजर घुमाकर देखा तो मुझे एक छोटी सी गुफा दिखाई दी। मैं जल्दी से उस गुफा में छिपकर बैठ गया। मैंने गुफा का मुँह बड़े-बड़े पत्थरों से बंद कर लिया, ताकि कोई भी साँप या अजगर अंदर न आ सके। भय के कारण मुझे पूरी रात नींद नहीं आई।

साँप और अजगरों की फुफकारों के कारण मैं पूरी रात जागता रहा। मेरे पास जो कुछ खाना था, मैंने वही खा लिया। सुबह होते ही सारे साँप-अजगर छिप गए। इसके बाद मैं गुफा से बाहर आया और खुले मैदान में सो गया। कुछ ही देर में मेरे पास एक भारी चीज गिरी, जिसकी आवाज सुनकर मेरी नींद खुल गई। मैंने देखा कि एक विशाल मांस-पिंड मेरे पास पड़ा था।

कुछ ही देर में उस घाटी में चारों ओर ऐसे ही मांस-पिंड गिरने लगे। यह देखकर मुझे बहुत आश्चर्य हुआ। जहाजियों ने मुझे बताया था कि एक घाटी में बहुत सारे हीरे हैं, लेकिन वहाँ जाना बहुत मुश्किल है। वहाँ आस-पास के पहाड़ों पर चढ़कर हीरों के व्यापारी बड़े-बड़े मांस के पिंड फेंक देते हैं। उनमें हीरे चिपक जाते हैं। फिर बड़े-बड़े गिद्ध उन

मांस-पिंडों को ले जाते हैं। जब गिद्ध अपने घोंसलों में जाते हैं तो व्यापारी लोग शोर मचाते हैं। शोर सुनकर गिद्ध तो उड़ जाते हैं और व्यापारी मांस-पिंडों में से हीरे निकाल लेते हैं।

घाटी से निकलने का कोई रास्ता दिखाई नहीं दे रहा था, इसलिए मैं बहुत परेशान था। कई दिन इधर-उधर घूमने के बाद मुझे भी बाहर निकलने की चिंता सता रही थी। तभी इधर-उधर पड़े मांस-पिंडों को देखकर मैंने पहले वाले उपाय से काम लेना ही उचित समझा। मैंने मांस पिंड के नीचे स्वयं को बाँध लिया। थोड़ी ही देर में वहाँ पर एक गिद्ध आया और उसी मांस-पिंड को लेकर उड़ गया। मैंने अपनी कमर में हीरों से भरी थैली बाँध ली। गिद्ध ने पहाड़ की चोटी पर बने घोंसले में मुझे उतार दिया। तब मैंने अपने को उस मांस-पिंड से अलग कर लिया।

तभी वहाँ पर कुछ व्यापारी शोर करते हुए आए। उनके चिल्लाने की आवाज सुनकर गिद्ध वहाँ से उड़ गया। तभी एक व्यापारी ने मुझे देख लिया। मुझे देखकर वह चिल्लाने लगा, "तू यहाँ कैसे आया?" उस व्यापारी ने सोचा कि मैं शायद हीरे चुराने के लिए आया हूँ। सभी व्यापारियों ने मुझे चारों ओर से घेर लिया और डाँटने लगे। मैंने उन व्यापारियों से कहा, "भाइयो, मुझ पर क्रोध मत करो। यदि आपने मेरी कहानी सुन ली तो तुम्हें मुझ पर दया ही आएगी। इस थैली में मेरे पास बहुत सारे हीरे हैं। मैं ये सारे हीरे तुम्हें देने को तैयार हूँ।"

इस प्रकार मैंने अपनी सारी कहानी उन लोगों को सुना दी। मेरी

विचित्र कहानी सुनकर उन व्यापारियों को बहुत दुःख हुआ। मैं उन मुसीबतों से किस प्रकार बाहर निकला, इस बात को सुनकर उन्हें बहुत आश्चर्य हुआ। बिना किसी लड़ाई-झगड़े के एक-एक व्यापारी एक-एक गिद्ध के घोंसले को ले लेता था। उस घोंसले से मिलने वाले हीरों पर केवल उसी व्यापारी का अधिकार होता था, जिसका वह घोंसला था। वह व्यापारी, जो मुझ पर क्रोधित हो रहा था, मैंने हीरों से भरी अपनी थैली उस व्यापारी के सामने पलट दी।

मेरे पास इतने सारे हीरे देखकर सभी व्यापारी हैरान रह गए। मेरे थैले में कई बहुत बड़े-बड़े हीरे भी थे। जब मैंने अपने सारे हीरे उस व्यापारी को देने की बात कही तो वह कहने लगा, "मैं कुछ भी नहीं लूँगा। ये हीरे तुम्हारे हैं और इन पर सिर्फ तुम्हारा ही अधिकार है।" मेरे कहने पर उस व्यापारी ने एक बड़ा हीरा और कुछ छोटे-छोटे हीरे ले लिये और कहने लगा, "इतने धन से तो मैं अपनी सारी जिंदगी आराम से गुजार सकता हूँ। जिंदगी में मुझे दोबारा यहाँ आकर हीरे प्राप्त करने की जरूरत नहीं होगी।"

उन व्यापारियों के साथ मैंने रात वहीं पर गुजारी। उनके कहने पर मैंने उन्हें अपनी यात्रा का वर्णन विस्तार से सुनाया। मुझे अपनी किस्मत पर भरोसा नहीं हो रहा था कि इतना बड़ा खतरा टल चुका है।

उन व्यापारियों के साथ मैं दूसरे दिन रूहा नाम के द्वीप पर पहुँच गया। वहाँ पर बहुत बड़े-बड़े साँप थे। उन साँपों ने हमें कोई नुकसान नहीं

पहुँचाया। रूहा द्वीप में कपूर के बहुत सारे वृक्ष थे। उन व्यापारियों ने कपूर के पेड़ों की टहनियों को छुरी से चीरकर एक बरतन में रख लिया था। पेड़ का रस निकलकर बरतन में इकट्ठा हो रहा था। यह रस जमा होकर कपूर कहलाता था। रस निकलने पर वह टहनी सूख जाती थी। कपूर का पेड़ बहुत विशाल होता है, उसकी छाया में सौ आदमी भी आराम से बैठ सकते हैं।

उसी द्वीप में एक गैंड़ा जैसा पशु होता है। उसका आकार हाथी से छोटा और भैंसे से बड़ा होता है। उसकी नाक पर लगभग एक हाथ लंबा सींग होता है। उस सींग पर सफेद रंग की आदमी की तस्वीर सी बनी होती है। गैंड़ा हाथी के पेट में अपना सींग घुसेड़कर उसे मार डालता है और उसे अपने सिर पर उठा लेता है। लेकिन जब गैंड़े की आँखों में हाथी का खून और चरबी पड़ जाती है तो वह अंधा हो जाता है। इसके बाद वहाँ पर रूख पक्षी आता है और हाथी तथा गैंड़े को अपने पंजे में दबाकर उड़ जाता है। फिर अपने घोंसले में जाकर अपने बच्चों को उनका मांस खिलाता है।

उस द्वीप से निकलकर मैं बहुत सारे द्वीपों में गया और हीरों को बेचकर बहुत सारी वस्तुएँ खरीदीं, फिर कई द्वीपों में व्यापार किया। इसके बाद बसरा के बंदरगाह से होता हुआ बगदाद पहुँच गया। इस यात्रा में भी मैंने बहुत सारा धन कमाया, बहुत सा गरीबों में बाँटा और खूब दान-पुण्य भी किया।

तीसरी यात्रा

तीसरे दिन हिंदबाद और दूसरे मेहमान सिंदबाद की तीसरी यात्रा का वर्णन सुनने के लिए उसके घर पहुँच गए। सबने सिंदबाद के घर पर पहले भोजन किया, फिर सिंदबाद ने कहा, "दोस्तो! अब मैं तुम्हें तीसरी समुद्री यात्रा का वर्णन सुनाता हूँ। मेरी तीसरी यात्रा भी बहुत विचित्र है।"

दूसरी यात्रा के बाद मैं अपने घर आकर सुखपूर्वक रहने लगा। कुछ ही दिन बाद मैं अपनी पिछली यात्राओं के सभी कष्ट भूल गया और मैंने तीसरी यात्रा करने का निश्चय कर लिया। व्यापार की कुछ वस्तुएँ खरीदकर मैं अपने साथियों के पास चला गया। बसरा के बंदरगाह पर पहुँचकर मैंने अपना सामान जहाज पर लाद दिया। हमारा जहाज कई द्वीपों से गुजरता हुआ आगे बढ़ता गया। हमने सभी द्वीपों पर सामान का लेन-देन किया और खूब धन कमाया।

दुर्भाग्य से हमारा जहाज एक दिन तूफान में फँस गया और हम अपने सीधे रास्ते से भटक गए। आगे चलकर जो भी द्वीप मिला, हमारे जहाज ने वहीं पर लंगर डाल दिया और पाल खोल दिए। जब द्वीप को देखा तो जहाज का कप्तान भय से काँपने लगा। वह बोला, "हमें अब भगवान् ही बचा सकता है। पास में ही जंगली लोगों के द्वीप हैं। वे हमें जीवित नहीं छोड़ेंगे। इन जंगली लोगों के शरीर पर लाल-लाल बाल होते

हैं। भटके हुए जहाजी भी इन जंगलियों के कारण बड़ी मुसीबत में फँस जाते हैं। उनका आकार हमसे बहुत छोटा होता है, लेकिन फिर भी हम उनके सामने विवश हो जाते हैं। यदि गलती से भी हमारे हाथ से एक जंगली मर गया तो वे हमें चींटियों के समान चारों ओर से घेर लेते हैं, फिर हमारा सफाया कर डालते हैं। अब हमारा बचना मुश्किल है।" इतना कहकर कप्तान की आँखों से आँसू बहने लगे।

कप्तान की बात सुनकर हम सब भी बहुत डर गए। अब हमारा जीवन भगवान् के हाथ में था। हम कुछ नहीं कर सकते थे। कप्तान ने जो कहा था वैसा ही हुआ। जंगली लोगों का समूह, जिनके बाल लाल थे और शरीर का आकार भी बहुत छोटा था, वह हमारी ओर आया और हमारे जहाज को चारों ओर से घेर लिया। उनकी भाषा हमारी समझ में नहीं आ रही थी। उन्होंने अपनी भाषा में हम से कुछ कहा, लेकिन हमारी समझ में कुछ नहीं आया। वे बंदरों की तरह बड़ी आसानी से हमारे जहाज पर चढ़ गए। उन्होंने पालों को लपेट लिया और लंगर की रस्सी काट दी तथा जहाज को खींचकर किनारे पर ले आए। उन्होंने हमें खींचकर जहाज से नीचे उतार दिया और घसीटकर अपने द्वीप पर ले गए।

कोई भी जहाज उनके डर से उस द्वीप के निकट भी नहीं आता था। हमारी मृत्यु ही हमें उस द्वीप के पास खींचकर ले गई। उन्होंने हमें एक कमरे में बंद कर दिया। हमने देखा कि आँगन में बहुत सारी लोहे की छड़ें रखी थीं और एक ओर हड्डियों का ढेर पड़ा था।

यह सब देखकर हम भय के कारण मूर्च्छित हो गए। जब हमें होश आया तो हम अपने दुर्भाग्य के विषय में सोचकर रोने लगे। हमने देखा कि सामने एक बड़ा दरवाजा था। अचानक वह दरवाजा खुला और उसमें से निकलकर एक विशालकाय आदमी हमारे पास आ गया। उस आदमी का शरीर ताड़ के पेड़ के समान लंबा था। वह बहुत शक्तिशाली था। उस व्यक्ति का मुख घोड़े के समान था। उसके माथे के बीच में एक आँख थी। वह आँख अंगारे के समान दहक रही थी।

उस व्यक्ति के दाँत नुकीले, बड़े और मुख से बाहर निकले हुए थे। उसका नीचे का होंठ बड़ा होने के कारण छाती तक लटक रहा था। उसके कान हाथी के कान के समान ही बड़े थे। उसके कान ने कंधे को ढक रखा था। उसके नाखून बड़े और घुमावदार थे। उस राक्षस का चेहरा देखकर हम फिर से बेहोश हो गए।

बेहोशी दूर होने पर हमने देखा कि वह राक्षस हमारे पास ही खड़ा था। वह हमें एकटक देख रहा था। वह हमारे पास आया और अपने हाथ पर घुमा-फिराकर हमें ऐसे देखने लगा जैसे कि कसाई भेड़ों और बकरियों को उनकी मोटाई का अंदाजा लगाने के लिए देखता है।

उस व्यक्ति ने सबसे पहले मुझे देखा। मैं बहुत ही कमजोर और दुबला था, इसलिए उसने मुझे छोड़ दिया। फिर उसने कप्तान को अच्छी तरह से देखा। कप्तान बहुत ही मोटा-ताजा था। उसने एक हाथ से कप्तान को पकड़ा और दूसरे हाथ से लोहे की छड़ उसके शरीर में घुसेड़ दी और

आग में भूनकर खा गया। इसके बाद वह आदमी अंदर जाकर सो गया।

उस आदमी के खर्राटे सुनकर हम डर रहे थे। रात भर हम जागते रहे। हमने देखा कि वह आदमी सुबह उठकर बाहर चला गया। अपनी दशा पर हम रो रहे थे। हमारी समझ में यह नहीं आ रहा था कि उस भयंकर राक्षस से अपने प्राण किस प्रकार बचाएँ। मन-ही-मन हम भगवान् को याद कर रहे थे।

उस आदमी के बाहर जाने के बाद हमने चैन की साँस ली। फिर हम सब भी बाहर चले गए और भूख मिटाने के लिए हमने फल-फूल खाए। हम सोच रहे थे कि रात होने पर तो हमें उस घर में जाना ही पड़ेगा। यदि हम वहाँ नहीं गए तो वह राक्षस हमें खोज लेगा और हमारी बोटी-बोटी कर देगा। फिर हम उसी घर में आ गए। थोड़ी रात गुजरने के बाद वह राक्षस फिर से आ गया।

राक्षस ने हमें पहले की तरह से उठा-उठाकर देखा और सबसे मोटे आदमी के शरीर में छड़ घुसेड़ दी और मारकर खा गया। सारी रात खर्राटे लेकर वह आराम से सोता रहा और सुबह होते ही बाहर चला गया।

उसके जाने के बाद हमने निश्चय किया कि ऐसी दर्दनाक मृत्यु से तो अच्छा है कि हम समुद्र में डूब मरें। तभी हमारे एक साथी ने कहा कि हम आत्महत्या नहीं करेंगे। यद्यपि हमारे प्राण संकट में हैं, लेकिन हम राक्षस से बचने के लिए आत्महत्या नहीं करेंगे। हमने अपने साथी की बात मान ली और आत्महत्या करने का विचार त्याग दिया।

इसके बाद हम सब उस राक्षस से अपनी जान बचाने का उपाय सोचने लगे।

बहुत देर तक सोचने के बाद हमारे मन में एक उपाय सूझा। मैंने अपने दोस्तों से कहा, "भाइयो! देखो, समुद्र के किनारे लकड़ियाँ पड़ी हुई हैं, जिनसे हम नाव बना सकते हैं। छोटी-छोटी चार-पाँच नाव बनाकर हम कहीं छिपा देंगे। अवसर मिलते ही हम नाव पर बैठकर किसी सुरक्षित स्थान पर पहुँच जाएँगे। मेरे विचार से तो हमारे लिए यही मौत अच्छी रहेगी। यदि भगवान् ने चाहा तो हमारी जान बच जाएगी और यदि पकड़े गए तो सब समुद्र में डूबकर मर जाएँगे।"

मेरा सुझाव सभी साथियों को बहुत पसंद आया। हमें नाव बनाना अच्छी तरह से आता था। हमने एक दिन में ही छोटी-छोटी पाँच-छह नाव बना लीं। एक नाव में तीन आदमी बड़े आराम से बैठ सकते थे। इसके बाद हम सब उसी घर में चले गए। रात होते ही फिर वही राक्षस आया और सब को उठा-उठाकर देखा। उसे जो भी मोटा-ताजा आदमी दिखाई दिया, उसी के शरीर में लोहे की छड़ घुसा दी और आग में भूनकर खा गया। वह फिर से अंदर गया और जोर-जोर से खर्राटे लेने लगा। तब मैंने अपने साथियों को अपनी योजना बताई। हम सबने मिलकर योजनानुसार काम करना आरंभ कर दिया।

हमने देखा कि वहाँ पर आग सुलग रही थी और कई छड़ें पड़ी थीं। वहाँ पर मेरे दस साथी मौजूद थे। हमने एक-एक छड़ ली और आग

में रखकर लाल कर लीं। हमने गरम-गरम सलाखें उस राक्षस की आँख में घुसेड़कर उसे अंधा कर दिया। मेरे सभी साथी बहुत साहसी और होशियार थे। उन्होंने इस काम को करने में तनिक भी देर नहीं की।

वह राक्षस दर्द से तड़पने लगा और इधर-उधर हाथ फेंकने लगा। वह जोर-जोर से कराह रहा था। हम उससे बचने के लिए इधर-उधर कोनों में छिप गए। यदि वह हममें से किसी को भी पकड़ लेता तो कच्चा ही चबा जाता। वह कराहता हुआ घर से बाहर चला गया। उसके चले जाने के बाद हम सब भी भागते-भागते समुद्र के किनारे पहुँच गए। वहाँ हमने पहले से ही नावें छिपाकर रखी हुई थीं। हमने तय किया कि सुबह होने पर हम नाव में बैठकर अपनी यात्रा आरंभ करेंगे।

हमने देखा कि उस अंधे राक्षस को दो राक्षस पकड़कर समुद्र के किनारे ही ला रहे हैं। उनके पीछे बहुत सारे राक्षस भी दौड़ते हुए आ रहे हैं। उन राक्षसों को देखकर भय से हमारी जान ही निकल गई। मृत्यु को इतने नजदीक देखकर हमने अपनी नावें समुद्र में डाल दीं, फिर सब नाव में बैठकर उन्हें जल्दी-जल्दी खेने लगे। हमारी नावें पानी में जल्दी-जल्दी आगे बढ़ने लगीं।

हम जानते थे कि राक्षस पानी में नहीं तैर सकते, लेकिन वे बहुत चालाक थे। वे बड़ी-बड़ी चट्टानों को उठाकर पानी में फेंकने लगे, ताकि हमारी नावें पानी में डूब जाएँ और हम भी मारे जाएँ। राक्षसों द्वारा फेंकी गई चट्टानों से सारी नावें पानी में डूब गईं और हमारे कई साथी

पानी में डूबकर मारे गए। हमारी किस्मत अच्छी थी कि हमारी नाव पर कोई चट्टान नहीं गिरी और हम डूबने से बच गए। हम अपनी नाव खेकर समुद्र में बहुत आगे निकल गए, जहाँ पर राक्षसों द्वारा फेंकी चट्टानें नहीं पहुँच सकती थीं। तब हमने चैन की साँस ली और हमें यकीन हो गया कि अब हमें राक्षसों से डरने की जरूरत नहीं है।

मुसीबत कहकर नहीं आती। तभी तेज हवाएँ चलने लगीं और हमारी छोटी सी नाव तिनके के समान पानी में डगमगाने लगी। हमें समुद्र में भी कोई राहत नहीं मिली। दिन-रात हमारी नाव पानी पर इसी प्रकार उछलती रही और हमारी जान का खतरा बराबर बना रहा। कुछ ही देर में हमारी नाव एक द्वीप पर पहुँच गई। द्वीप को देखते ही हमारी जान में जान आई और हम सब उसी द्वीप पर पहुँच गए।

उस तट पर फलों से लदे हुए बहुत सारे वृक्ष थे। हमने बहुत सारे मीठे-मीठे फल खाए। फल खाकर हमारे शरीर में कुछ शक्ति आ गई। रात को हम समुद्र के तट पर ही सो गए। तभी मुझे सरसराहट की आवाज सुनाई दी और मेरी आँख खुल गई। मैंने देखा कि नारियल के पेड़ के समान एक लंबा साँप मेरे दोनों साथियों को निगल रहा है। साँप ने मेरे साथियों के शरीर को जोर से झटका देकर तोड़ दिया था, ताकि उसे निगलने में आसानी रहे। थोड़ी ही देर में साँप ने मुख खोला और मेरे साथियों की हड्डियाँ उगल दीं, इसके बाद वह साँप वहाँ से चला गया।

सारी रात मैं परेशान रहा और सोचता रहा कि राक्षस से जान बची

तो यह नई मुसीबत कहाँ से आ गई। दिन में हमने पेड़ों से फल तोड़कर खाए और रात को पेड़ पर चढ़कर सो गए। मैं वृक्ष की सबसे ऊँची डाल पर चढ़कर लेट गया, जहाँ साँप कभी नहीं पहुँच सकता था। मेरा साथी अधिक ऊपर नहीं चढ़ सका और नीचे की डाल पर ही लेट गया। तभी रात को साँप वहाँ पर आया। उसने अपना शरीर ऊपर किया और मेरे साथी को निगल गया। साँप शिकार को पचाने के लिए कहीं चला गया। डर के कारण मुझे सारी रात नींद नहीं आई और मैं अधमरे के समान सारी रात पेड़ पर टँगा रहा।

सुबह होते ही मैं पेड़ से उतर आया। कुछ फल खाकर अपना पेट भर लिया। मुझे पूरा यकीन था कि आज साँप मुझे अवश्य ही निगल जाएगा, क्योंकि उस साँप ने मुझे पेड़ पर लेटे हुए देख लिया था। अब मुझे साँप से बचने की कोई उम्मीद नहीं थी। मैं सारे दिन साँप से बचने के उपाय सोचता रहा।

साँप से बचने के लिए मैंने एक तरकीब निकाली और पेड़ के चारों ओर कँटीली झाड़ियाँ लगा दीं। पेड़ पर ऊपर तक काँटों की ऐसी ओट कर दी कि साँप मुझे देख न सके। इसके बाद मैं पेड़ की सबसे ऊँची डाली पर चढ़कर लेट गया। झाड़ियाँ इतनी अधिक थीं कि साँप पेड़ की जड़ तक पहुँच नहीं पाया। साँप बहुत चालाक था। वह सारी रात घात लगाकर बैठा रहा। यदि मैं पेड़ से उतर जाता तो वह मुझे भी निगल जाता। मैं रात भर पेड़ पर चुपचाप लेटा रहा।

सुबह होते ही साँप वहाँ से चला गया। मैं डर के कारण सारी रात जागता रहा। साँप की फुफकार सुनने के कारण मैं बिलकुल निराश हो चुका था। मैंने निश्चय कर लिया था कि समुद्र में कूदकर अपनी जान दे दूँगा। अपनी जान देने के लिए जब मैं समुद्र के किनारे गया तो मुझे एक जहाज दिखाई दिया। जहाज को देखकर मेरी जान में जान आई।

जहाज को देखकर मैं अपनी पगड़ी को हिलाकर जोर-जोर से चिल्लाने लगा। जहाज पर सवार लोगों ने भी मुझे देख लिया। जहाज के कप्तान ने मुझे देखकर एक नाव मेरी ओर भेज दी। मैं उस नाव पर बैठकर जहाज के करीब पहुँच गया और जहाज पर सवार हो गया। जहाजियों ने मुझसे पूछा, "मैं इस द्वीप पर कैसे पहुँचा?"

उस जहाज पर एक बूढ़ा आदमी भी सवार था, उसने आश्चर्यचकित होकर पूछा कि मैं जीवित कैसे बच गया? इस द्वीप पर तो नरभक्षी राक्षस रहते हैं, जो मनुष्यों को भूनकर खा जाते हैं। यहाँ विशालकाय साँप दिन में तो गुफाओं में छिपकर रहते हैं और रात को शिकार की तलाश में निकलते हैं। यदि साँप किसी भी आदमी को देख ले तो उसे जिंदा ही निगल जाता है। विशालकाय साँप और राक्षसों से बचना तो इस द्वीप में बहुत मुश्किल है।

मेरे अंदर इतनी शक्ति नहीं थी कि उन लोगों की बातों का कोई उत्तर दे पाता। भूख और रात को जागने के कारण मैं बिलकुल निढाल हो चुका था। उन्हें मेरी हालत देखकर मुझ पर तरस आ गया। उन्होंने मुझे

खाना भी खिलाया और पहनने को अपने कपड़े दिए। खाना खाकर मेरे शरीर में कुछ शक्ति आ गई। फिर मैंने उन्हें अपनी मुसीबतों के विषय में सबकुछ बता दिया कि किस प्रकार मैं राक्षसों और साँप से बचा हूँ। सबने मुझे यही तसल्ली दी कि चिंता मत करो। भगवान् की तुम पर बड़ी कृपा है, जो साँप और राक्षस से जीवित बच गए।

कुछ ही दिनों में हमारा जहाज सिलहट द्वीप में पहुँच गया। वहाँ पर चंदन पैदा होता था। चंदन का उपयोग दवाओं में किया जाता था। जहाज ने वहाँ पर लंगर डाल दिया। सभी व्यापारी वहाँ पर उतर गए और सामान का लेन-देन किया। कई दिन तक उस द्वीप पर व्यापारियों ने सामान खरीदा और बेचा। जहाज के कप्तान ने मुझसे कहा, "भाई, तुम बगदाद के रहने वाले हो। बगदाद के एक व्यापारी का माल बहुत दिनों से इस जहाज पर पड़ा है। तुम उस व्यापारी का माल ले जाकर उसकी पत्नी और बच्चों को दे देना। मैं तुम्हें एक पत्र लिखकर दे दूँगा। वे लोग लदान की तुम्हारी मजदूरी दे देंगे।"

जहाज के कप्तान को मैंने धन्यवाद दिया कि वह मुझ पर विश्वास करता है और दूसरे व्यापारी का माल मुझे सौंपने को तैयार है। जहाज के कप्तान ने अपने मुंशी से कहा कि वह उस व्यापारी का माल मुझे सौंप दे। सिंदबाद नाम के जहाजी का सारा माल कप्तान ने मुझे सौंपने के लिए कहा। अपना नाम कप्तान के मुख से सुनकर मुझे बहुत आश्चर्य हुआ और मैं कप्तान को ध्यान से देखने लगा।

ध्यान से देखने पर मुझे याद आया कि मेरी दूसरी यात्रा में भी कप्तान वही था। मैं उस द्वीप पर सोता रह गया और मेरे साथी मुझे छोड़कर चले गए। उन्होंने सोच लिया कि मैं कहीं मर गया हूँ। इस घटना को बीते बहुत दिन नहीं गुजरे थे, लेकिन लगातार पड़ने वाली मुसीबतों के कारण मेरे चेहरे का रंग और हुलिया बिलकुल ही बदल चुका था। इसी कारण जहाज का कप्तान मुझे पहचान नहीं सका।

मैंने आश्चर्यचकित होकर कप्तान से कहा कि यह सामान सचमुच सिंदबाद जहाजी का है? कप्तान ने उत्तर दिया, "बिलकुल, यह सामान बगदाद निवासी सिंदबाद जहाजी का ही है। वह बसरा के बंदरगाह से हमारे जहाज पर माल लेकर चढ़ा था। एक दिन हमने मीठा पानी लेने के लिए एक द्वीप पर जहाज का लंगर डाला। सिंदबाद और दूसरे व्यापारी द्वीप पर घूमने के लिए उतर गए। थोड़ी देर बाद सभी व्यापारी वापस जहाज पर आ गए, लेकिन सिंदबाद नहीं आया। मैंने बहुत देर तक सिंदबाद की प्रतीक्षा की। थोड़ी देर में हवा जहाज के अनुकूल हो गई तो मैंने पाल खोल दिए और जहाज आगे बढ़ गया।

कप्तान ने कहा कि मुझे पूरा विश्वास है, अब सिंदबाद इस दुनिया में नहीं है। वह मर चुका है। तब मैंने कप्तान से कहा, "मुझे ध्यान से देखकर बताओ कि मैं सिंदबाद हूँ या नहीं। उस द्वीप पर उतरकर मैं खाना खाकर गहरी नींद में सो गया। मेरे साथियों को शायद मालूम नहीं था कि मैं एक तालाब के निकट सो रहा हूँ। उन्होंने मुझे खोजने की कोशिश भी

नहीं की। जब मैं सोकर उठा तो दौड़कर समुद्र तट पर गया। मैंने वहाँ जाकर देखा कि जहाज चला गया था।"

कप्तान मेरी बात बड़े ध्यान से सुन रहा था। उसने मेरे चेहरे को ध्यान से देखा तो वह मुझे पहचान गया। उसने भगवान् को धन्यवाद दिया और मुझे गले से लगा लिया। मुझे जीवित देखकर वह बहुत प्रसन्न हुआ। वैसे तो कप्तान भी मुझे मरा हुआ समझ चुका था। उसने मुझसे कहा कि मैंने तुम्हारे माल को हर जगह व्यापार में लगाकर लाभ प्राप्त किया है। अब मैं तुम्हारे माल को मुनाफे के साथ तुम्हें सौंपना चाहता हूँ।

इतना कहकर कप्तान ने मेरे सामान की गठरियों के साथ-साथ बहुत सा नगद रुपया भी दिया। उस रुपए को उसने मेरा माल बेचकर कमाया था। मेरा माल मुझे सौंपकर कप्तान ने चैन की साँस ली। मुझे भी यह सब मिलने की कोई आशा नहीं थी। मैंने भी अपना सामान और नगद रुपया प्राप्त कर भगवान् को धन्यवाद दिया।

इसके बाद हमारा जहाज सिलहट द्वीप से होता हुआ दूसरे द्वीपों में भी गया। वहाँ से हम लोगों ने दालचीनी खरीदी। फिर हमने दूर-दूर की यात्राएँ कीं। हमने ऐसी मछलियाँ देखीं, जो गाय के समान ही दूध देती थीं। एक स्थान पर हमने इतने बड़े-बड़े कछुए देखे, जिनकी लंबाई-चौड़ाई पचास हाथ के बराबर थी। कछुए के कड़े चमड़े से वहाँ ढालें बनाई जाती हैं। हमने वहाँ पर एक विचित्र मछली देखी, जिसका रंग और मुँह ऊँट के समान ही दिखाई देता था।

इस प्रकार चलते-चलते हमारा जहाज बसरा के बंदरगाह पर पहुँच गया। वहाँ से मैं बगदाद पहुँच गया। मैंने कुशलपूर्वक अपने घर पहुँचने पर भगवान् को बहुत-बहुत धन्यवाद दिया। मैंने भिखारियों और गरीबों को बहुत सारा धन दान में दिया। इस यात्रा में मुझे इतना लाभ हुआ, जिसकी मैंने कभी कल्पना भी नहीं की थी। मैंने कई सुंदर-सुंदर भवन और आरामदायक वस्तुएँ खरीदीं।

अगले दिन फिर एक निश्चित समय पर सब लोग सिंदबाद के घर इकट्ठा हो गए। तब सिंदबाद ने सबको स्वादिष्ट भोजन कराया और अपनी चौथी समुद्री यात्रा का वर्णन सुनाने लगा।

चौथी यात्रा

कुछ दिन आराम करने के बाद मैं अपने पिछले सभी कष्ट और दुःख भूल चुका था। एक दिन मुझे और धन कमाने की इच्छा हुई। मैंने सोचा कि चौथी समुद्री यात्रा करनी चाहिए। ऐसा करने से व्यापार भी हो जाएगा और संसार की विचित्रताएँ भी देखने को मिलेंगी।

मैंने अपने मन में यात्रा करने का निश्चय कर लिया। यात्रा की तैयारी करके मैंने वे सभी वस्तुएँ खरीदीं, जिनकी विदेशों में बहुत माँग थी। अपना माल लेकर मैं फारस की खाड़ी की ओर निकल पड़ा। मैंने कई नगरों में व्यापार किया। अंत में एक बंदरगाह पर पहुँचा और वहाँ पर भी व्यापार किया।

अचानक एक दिन हमारा जहाज तूफान में फँस गया। कप्तान ने जहाज को सँभालने की बहुत कोशिश की, किंतु वह जहाज को सँभाल न सका। एक जलगत चट्टान समुद्र की सतह से ऊपर उठी हुई थी। हमारा जहाज इसी चट्टान से टकराकर चूर-चूर हो गया। कुछ लोग तो वहीं समुद्र में डूबकर मारे गए, लेकिन मैं और मेरे कुछ व्यापारी साथी टूटे तख्तों के सहारे समुद्र के किनारे आ लगे। इस तरह हम एक द्वीप पर पहुँच गए। बहुत देर तक हम लोग इधर-उधर घूमते रहे। हमें बहुत तेज भूख लगी। हमने पेड़ों से फल तोड़कर खाए और अपनी भूख मिटाई।

इसके बाद हम लोग समुद्र के किनारे आकर लेट गए। बहुत देर तक हम लोग अपने दुर्भाग्य को कोसते रहे। लेकिन कुछ देर बाद हमें नींद आ गई। हम सारी रात गहरी नींद में सोते रहे। कुछ देर बाद फिर द्वीप पर घूमने के लिए निकल गए, ताकि भूख मिटाने के लिए कुछ फल इकट्ठा कर सकें। तभी काले रंग के आदमियों की एक टोली वहाँ पर आ गई। उन्होंने हमें चारों ओर से घेर लिया और हमारे गले में रस्सियाँ बाँधीं, फिर पास के गाँव में ले जाने लगे। वे हमें भेड़-बकरियों की भाँति हाँक रहे थे।

अपने गाँव में ले जाकर उन्होंने हमारे सामने खाने के लिए खाद्य पदार्थ रख दिए। मेरे साथियों ने बिना कुछ सोचे-समझे उस खाद्य पदार्थ को खा लिया। इसके बाद मेरे साथी मतवाले हो गए, उन्हें नशा हो गया था। मैंने उस खाद्य पदार्थ को बहुत कम खाया और काले आदमियों की हरकतों को ध्यान से देखने लगा।

मेरे साथी तो एक ओर बेहोश पड़े थे, लेकिन मैंने सबकुछ समझ लिया कि काले लोगों की नीयत अच्छी नहीं है। फिर उन्होंने हमें नारियल के तेल में पका हुआ खाना दिया। मैं जानता था कि नारियल के तेल में पका खाना खाने से आदमी मोटा-ताजा हो जाता है। मैं समझ गया कि ये लोग पहले हमें मोटा-ताजा करेंगे और फिर हमारा मांस पकाकर पूरा कबीला दावत उड़ाएगा।

मेरे दोस्तों को काले लोगों की चालाकी के विषय में कुछ भी पता

नहीं था, इसलिए वे नारियल के तेल में अच्छी तरह पका खाना भरपेट खाते गए। मैं सब जान चुका था, इसलिए जीवित रहने के लिए थोड़ा सा खाता था। मैं मोटा होना नहीं चाहता था। यदि मोटा हो जाता तो वे लोग मुझे भी अपना आहार बना सकते थे। दिन-रात चिंता करने और अल्पाहार के कारण मैं बहुत कमजोर हो गया। मेरा शरीर सिर्फ हड्डियों का ढाँचा मात्र ही रह गया।

मैं दिन भर उस द्वीप में घूमता रहता था। मैंने देखा कि एक दिन गाँव के सब लोग काम पर चले गए। गाँव में केवल एक बूढ़ा ही बचा था। मौका देखकर मैं गाँव से बाहर निकल आया। उस बूढ़े ने चिल्लाकर मुझे रोकने की बहुत कोशिश की, लेकिन मैंने उसकी ओर ध्यान नहीं दिया। शाम को जब गाँव के लोग काम से लौटे तो उन्होंने मुझे खोजना आरंभ किया। तब मैं गाँववालों से छिपकर भागता रहा और रात को कहीं भी छुपकर सो जाता था। रात को या तो मैं फल खाकर अपनी भूख मिटाता या फिर नारियल तोड़कर उस का पानी पी लेता, जिससे मेरी भूख और प्यास दोनों ही मिट जाती थीं।

आठ दिन बाद मैं समुद्र के किनारे पहुँच गया। वहाँ पर कालीमिर्च की पैदावार अधिक थी। मैंने देखा कि वहाँ पर मेरे समान बहुत से श्वेत वर्ण मनुष्य काली मिर्च इकट्ठी कर रहे थे। उन मनुष्यों को देखकर मैं बहुत प्रसन्न हुआ। उन्होंने मुझे चारों ओर से घेर लिया और अरबी भाषा में उन्होंने पूछा कि तुम कहाँ से आ रहे हो? उन लोगों को अरबी में बोलते

देखकर मैं बहुत प्रसन्न हुआ। मैंने उन्हें सबकुछ बता दिया कि मैं जहाज के टूटने से द्वीप के दूसरे किनारे पर पहुँच गया। वहाँ से काले रंग के कुछ लोग हमें पकड़कर एक गाँव में ले गए।

मेरी बात सुनकर उन लोगों को बहुत ही आश्चर्य हुआ। वे कहने लगे कि तुम्हारी किस्मत अच्छी थी, जो उन नरभक्षियों के चंगुल से छूट गए। वरना वे किसी को भी जीवित नहीं छोड़ते। मैंने उन लोगों से कहा कि मैं अपनी समझदारी और बुद्धिमानी के कारण ही नरभक्षियों की कैद से छूटा हूँ। मैं वहाँ सिर्फ जीने भर के लिए खाता था और भागने के लिए मौके की तलाश में रहता था।

मैं उन लोगों के साथ बराबर उनका काम करता रहा। फिर वे जहाज से मुझे अपने देश ले गए और मुझे बादशाह के सामने पेश करके उन्होंने कहा, "महाराज! यह आदमी उन नरभक्षियों के चंगुल से सही-सलामत बचकर आया है।"

मेरा सब हाल सुनकर बादशाह बहुत खुश हुए और उन्हें बहुत आश्चर्य भी हुआ। बादशाह बहुत ही दयालु थे। उन्होंने मुझे पहनने के लिए वस्त्र दिए और समस्त सुख-सुविधाओं से युक्त घर में रहने के लिए स्थान दिया।

बादशाह के कब्जे में एक बहुत बड़ा और धनधान्य से परिपूर्ण द्वीप था। यहाँ के व्यापारी दूसरे देशों में अपने देश की वस्तुएँ ले जाते थे। बाहर के व्यापारी भी इस द्वीप में आते थे। व्यापारियों से मेरा मेल-जोल बढ़ने

लगा। अब मुझे यकीन हो गया था कि मैं एक दिन अवश्य ही अपने देश पहुँच जाऊँगा।

वहाँ का बादशाह बहुत ही दयालु था। उसने मुझे अपने दरबारियों में शामिल कर लिया। मुझे यह देखकर आश्चर्य हुआ कि वहाँ के लोग घोड़े की सवारी बिना जीन-लगाम के ही करते थे। वहाँ का बादशाह भी घोड़े की नंगी पीठ पर ही सवारी करता था। एक दिन मैंने बादशाह से पूछा कि आपके देश में घोड़े पर जीन-लगाम क्यों नहीं लगाते? बादशाह को यह मालूम ही नहीं था कि जीन और लगाम क्या होता है। बादशाह ने मुझसे कहा कि मैं उन्हें जीन-लगाम बनाकर दूँ।

मैंने एक कारीगर को जीन का एक नमूना बनाकर दिया। कारीगर ने मेरे नमूने के अनुसार ही जीन बना दी। मैंने उस पर चमड़ा मढ़वा दिया। फिर उस पर अतलस और कमरख्वाब का आवरण चढ़वा दिया। मैंने एक लुहार से रकाबें बनाने के लिए कह दिया और लगाम का सामान भी बनवा दिया। सारे सामान को मैंने घोड़े पर सजाया और बादशाह के पास ले गया। जब बादशाह जीन और लगाम वाले घोड़े पर बैठे तो उन्हें बहुत अच्छा लगा।

बादशाह ने मुझे बहुत सारा इनाम दिया और मुझे पहले से भी अधिक सम्मान देने लगे। इसके बाद मैंने बहुत सारी जीनें और लगामें बनवाकर मंत्रियों और राजपरिवार के सदस्यों को दीं। उन लोगों ने मुझे जीन और लगाम के बदले बहुत सी कीमती वस्तुएँ और धन इनाम में

दिया। अब मुझे राजदरबार में और भी अधिक सम्मान मिलने लगा और नगर में भी मेरा सम्मान बढ़ गया।

एक दिन बादशाह मुझसे कहने लगे, "मैं तुमसे बहुत खुश हूँ। अन्य दरबारी और नगरवासी भी तुम्हारी बुद्धिमानी के कारण तुम्हारा बहुत सम्मान करते हैं। मैं भी तुम पर कृपा करना चाहता हूँ। मुझे पूरा विश्वास है कि तुम मेरी बात मानोगे और जो कुछ भी तुमसे करने के लिए कहूँगा, इनकार नहीं करोगे।"

मैंने भी बादशाह को विश्वास दिलाया–"मैं वही करूँगा, जो आप कहेंगे। आप मुझ पर हमेशा ही कृपा बनाए रखते हैं। मुझे विश्वास है कि आपकी हर आज्ञा मेरे हित में ही होगी।"

इसके बाद बादशाह ने कहा, "तुम अपने देश जाने का विचार छोड़ दो और हमेशा के लिए यहीं पर बस जाओ। मैं चाहता हूँ कि यहाँ की सुंदर और सुशील कन्या से विवाह करके सूखपूर्वक रहो।"

और मैंने बादशाह की बात मान ली।

इसके बाद एक सुंदर और गुणवती कन्या से मेरा विवाह करवा दिया गया। विवाह के बाद मैं अपनी पत्नी के प्रेम में ऐसा खो गया कि बगदाद में रहने वाले अपने परिवार को ही भूल गया। कुछ दिन बाद मेरे पड़ोसी की पत्नी की लंबी बीमारी के बाद मृत्यु हो गई। अफसोस प्रकट करने के लिए जब मैं उसके घर गया तो मैंने देखा कि वह बहुत ही दुःखी था। वह इस प्रकार शोक में डूबा था कि उसकी आँखों से आँसू

रुक ही नहीं रहे थे। मैंने उसे बहुत समझाया कि वह धीरज रखे। यदि भगवान् की मरजी हुई तो वह भी दूसरा विवाह करके सुख का जीवन व्यतीत करेगा। उस आदमी ने कहा, "इस विषय में तुम कुछ भी नहीं जानते। मुझे बेकार में ही दिलासा दे रहे हो। मैं सिर्फ कुछ घंटों का ही मेहमान हूँ।"

उस आदमी की बात सुनकर मैं बहुत परेशान हो गया। मैंने उससे कहा कि तुम मुझे साफ-साफ बताओ, आखिर बात क्या है? उस आदमी ने कहा, "मेरी पत्नी के साथ आज मुझे भी जीवित दफन कर दिया जाएगा। यह रस्म बहुत पहले से हमारे यहाँ चली आ रही है। यदि पत्नी की मृत्यु हो जाए तो पति को उसके साथ ही जमीन में जीवित दफना दिया जाता है। यदि पति की मृत्यु हो जाए तो पत्नी को जिंदा जमीन में दफना दिया जाता है। अब मेरे बचने की कोई उम्मीद नहीं है। इस रस्म के विरुद्ध कोई कुछ नहीं बोल सकता। यहाँ के निवासी एकमत होकर इस रिवाज को स्वीकार करते हैं।"

वहाँ के इस रिवाज को सुनकर मैं भी डर गया और मुझे अपनी चिंता सताने लगी। मैं सोचने लगा कि यदि मेरी पत्नी मर गई तो मुझे भी जिंदा जमीन में दफना दिया जाएगा। कुछ देर में ही उसके रिश्तेदार और सगे-संबंधी इकट्ठा हो गए। उन्होंने उस औरत की लाश को नहला-धुलाकर कीमती वस्त्र पहनाए और खुली अरथी पर रखकर उसके शव को श्मशान लेकर चलने लगे। उसका पति भी रोता हुआ

उसके शव के पीछे-पीछे चल दिया।

कुछ ही देर में सब लोग एक पहाड़ पर पहुँच गए। एक बड़े गड्ढे के ऊपर से उन्होंने चट्टान हटाई और उस गड्ढे में स्त्री के शव को रख दिया। इसके बाद उस मृत स्त्री के पति को भी गड्ढे में उतार दिया गया। गड्ढे में उसके पास सात रोटियाँ और एक बरतन में पानी रख दिया। इसके बाद उन्होंने गड्ढे का मुख चट्टान से बंद कर दिया। वह पहाड़ बहुत ही बड़ा था। पहाड़ के दूसरी ओर समुद्र था। उधर का क्षेत्र बहुत ही सुनसान था। सबने चट्टान को पहले की तरह रखा और दुःख प्रकट करते हुए अपने-अपने घर को लौट आए।

यह सब देखकर मैं बहुत भयभीत हो गया। मैं सोचने लगा कि किसी भी सभ्य समाज में ऐसा अमानवीय रिवाज नहीं होना चाहिए। मैंने वहाँ के कुछ लोगों से इस रिवाज के विषय में पूछा। लेकिन वहाँ के नागरिकों ने इस रिवाज का समर्थन करके मेरी बात को गलत साबित कर दिया। मैंने विवश होकर इस रिवाज के विषय में बादशाह से भी पूछा।

बादशाह ने कहा, "देखो सिंदबाद! हमारे बुजुर्गों के द्वारा चलाई गई यह बहुत पुरानी रीति है। मैं भी इसे बदल नहीं सकता। यह रिवाज मुझ पर भी लागू होता है। यदि रानी की मृत्यु हो जाए तो मुझे भी उसके साथ ही जिंदा दफन कर दिया जाएगा। हमारे यहाँ इस रिवाज से कोई बच नहीं सकता।"

मैंने डरते हुए बादशाह से पूछा, "महाराज! जो लोग बाहर से आकर इस देश में रहते हैं, यह रिवाज क्या उन लोगों पर भी लागू होता है?"

बादशाह ने हँसते हुए कहा, "देशी हों या विदेशी, यह रिवाज सभी व्यक्तियों पर लागू होता है। कोई भी व्यक्ति इस रिवाज से बच नहीं सकता।"

इस घटना के बाद मैं बहुत डर गया। मैं अपनी पत्नी की बहुत अच्छी तरह से देखभाल करने लगा। हमेशा मेरे मन में इसी बात का डर लगा रहता कि यदि मेरी पत्नी की मृत्यु हो गई तो मुझे भी ऐसी भयानक मौत मिलेगी। भाग्य के लिखे को कौन टाल सकता है। कुछ दिन बाद मेरी पत्नी सख्त बीमार पड़ी और भगवान् को प्यारी हो गई।

पत्नी की मृत्यु के बाद मुझे अपनी मौत साफ दिखाई देने लगी। मेरे ऊपर दु:खों का पहाड़ टूट पड़ा। मैं सिर पीट-पीटकर यही कहता था कि मैं उस द्वीप से क्यों भागा था। जिंदा जमीन में गाड़े जाने से तो अच्छा है कि मुझे नरभक्षी खा जाते। मेरी समझ में कुछ भी नहीं आ रहा था।

कुछ ही देर में दरबारियों और सेवकों के साथ बादशाह मेरे घर आ गए। नगर के सम्मानित लोग और पड़ोसी भी इकट्‌ठा हो गए। वे लोग मेरी पत्नी को एक अरथी पर रखकर पहाड़ की ओर चल पड़े। अपनी पत्नी की अरथी के पीछे रोता हुआ मैं भी चल रहा था। दफन के पहाड़ पर पहुँचकर मैंने सोचा कि अपने प्राण बचाने के लिए मुझे एक बार बादशाह से प्रार्थना करनी चाहिए।

मन में निश्चय करके मैंने बादशाह से कहा, "महाराज! मैं इस देश का निवासी नहीं हूँ। मुझे ऐसी कठोर मृत्यु मत दीजिए। मुझे जीवन-दान

दे दीजिए। अपने देश में मेरे स्त्री और बच्चे हैं, जो मेरे वापस लौटने की प्रतीक्षा कर रहे होंगे। मेरे बच्चों की ही खातिर मुझे जीवन-दान दे दीजिए। मेरे बिना मेरे बच्चे भूखों मर जाएँगे। मुझ पर दया कीजिए, महाराज!" इतना कहकर मैं जोर-जोर से रोने लगा।

मैं बहुत देर तक दया की भीख माँगता रहा। लेकिन बादशाह या किसी भी दरबारी को मुझ पर दया नहीं आई। उन्होंने पहले मेरी पत्नी की अरथी को गड्ढे में उतारा और फिर दूसरी अरथी पर मुझे बिठाकर गड्ढे में उतार दिया। मेरे साथ सात रोटियाँ और पानी से भरा घड़ा भी रख दिया। इसके बाद गड्ढे के मुख पर चट्टान रखवा दी।

वह गड्ढा लगभग पचास हाथ गहरा था। लाशों के सड़ने से वहाँ पर बदबू उठ रही थी, जिससे मेरा सिर फटने लगा। मैं अपनी अरथी से उठकर गड्ढे में ही इधर-उधर भागने लगा। मैं रो-रोकर अपने भाग्य को कोस रहा था। मैं कह रहा था, "सब यही कहते हैं कि भगवान् जो कुछ भी करता है, अच्छा ही करता है। मेरे इस दुर्भाग्य में ऐसी क्या अच्छाई छिपी है, जो तीन समुद्री यात्राओं के दुःखों को सहन करके भी सचेत नहीं हुआ और मरने के लिए चौथी यात्रा पर निकल पड़ा। अब मैं किसी भी हालत में बच नहीं सकता।"

अपनी मृत्यु के विषय में सोचकर मैं बहुत देर तक रोता रहा। सुख-दुःख में भी मनुष्य को भूख सताती है। मैं जब भूख सहन नहीं कर सका तो अपनी अरथी के पास गया और एक रोटी खाकर पानी पी

लिया। इस प्रकार मैं कुछ दिन जीवित रहा।

मेरी रोटियाँ खत्म हो चुकी थीं। मैंने सोच लिया कि अब मुझे मरने से कोई नहीं रोक सकता। तभी ऊपर कुछ उजाला हुआ। चट्टान उठाकर लोगों ने मृत आदमी और उसकी विधवा को गड्ढे में उतार दिया। इसके बाद वे लोग चट्टान को उसी प्रकार रखकर चले गए। मैंने एक मुरदे के पैर की हड्डी उठाकर उस औरत के सिर पर जोर से मार दी। जिस के कारण वह औरत बेहोश होकर गिर पड़ी। फिर मैंने उस औरत के सिर पर कई प्रहार किए, जिससे वह मर गई। मैंने उस औरत के पास से उसकी रोटियाँ और पानी उठा लिया और दूसरे कोने में जाकर बैठ गया।

चार दिन बाद एक आदमी को उसकी मृत पत्नी के साथ गड्ढे में उतार दिया गया। मैंने उस आदमी को भी उसी तरह से मार दिया और उसकी रोटियाँ तथा पानी ले लिया। मेरे भाग्य से उस देश में महामारी का प्रकोप फैल गया और दो-चार लाशें रोज उस गड्ढे में आने लगीं। लाशों के साथ जीवित आदमियों के लिए रोटियाँ और पानी भी लाया जाता था। मैं उन लोगों को मारकर उनकी रोटियाँ खा लेता था।

उस गड्ढे में अँधेरा रहता था। एक दिन मुझे अनुभव हुआ कि वहाँ पर कोई और साँस ले रहा है। मैंने बहुत ध्यान से सुना तो पाया कि साँस के साथ पैरों की हलकी आहट भी आ रही है। मैंने उठकर देखा तो मुझे लगा कि कोई चीज एक ओर दौड़ रही है। फिर मुझे एक तारे जैसी चमक दिखाई दी, जो झिलमिल-झिलमिल कर रही थी। मैं भागकर उधर गया

तो मैंने देखा कि वहाँ बहुत बड़ा छेद था। उस छेद में से निकल कर मैं आसानी से बाहर जा सकता था।

मैं चलते-चलते पहाड़ के दूसरी ओर निकल गया था। नगर निवासियों को यह मालूम नहीं था कि पहाड़ के उस ओर क्या है, क्योंकि पहाड़ बहुत ऊँचा था। शायद उस छेद में से कोई जानवर मुरदा खाने के लिए वहाँ आता होगा। मैं उसी छेद के रास्ते से बाहर निकल आया। बाहर

निकलकर मैंने भगवान् का शुक्रिया अदा किया। अब मुझे विश्वास हो चुका था कि मेरी जान को कोई खतरा नहीं है।

मुरदों की बदबू के कारण वहाँ मैं कुछ सोच नहीं सकता था। मैंने बहुत दिन तक थोड़ा-थोड़ा भोजन करके स्वयं को जीवित रखा था। छेद से बाहर निकलकर अब मैं कुछ सोचने की स्थिति में आ गया था। मैंने अपने मन को कुछ कड़ा किया और फिर से उसी गड्ढे में चला गया। मुरदों के साथ कुछ रत्न-आभूषण होते थे। मैंने वे सब जल्दी-जल्दी इकट्ठे किए और उसी छेद से बाहर निकल आया।

मैंने मुरदों के कफन उतारे और उनमें हीरे-जवाहरात बाँधकर कई गठरियाँ बाँध लीं। फिर उन गठरियों को छेद से बाहर निकाल लिया। वहाँ सामने ही समुद्र था। मैंने समुद्र के किनारे कई दिन फल खाकर गुजार दिए। फिर मैं जहाज के आने की प्रतीक्षा करने लगा। किंतु कई दिन तक वहाँ पर कोई जहाज नहीं आया।

पाँचवें दिन मैंने समुद्र के किनारे से एक जहाज गुजरते हुए देखा। मैंने अपनी पगड़ी खोलकर हवा में लहराना शुरू किया। मैं जोर-जोर से चिल्ला रहा था। जहाज के कप्तान ने मुझे देख लिया। कप्तान ने जहाज को वहीं पर रोक दिया और एक छोटी सी नाव मुझे लेने के लिए भेज दी। उन लोगों ने मुझसे पूछा कि मैं इस सुनसान जगह पर कैसे आ गया। मैंने सोचा कि इन्हें पूरा वर्णन बताना ठीक नहीं है। मैंने उन लोगों से कह दिया कि तीन दिन पहले ही हमारा जहाज डूब गया और मेरे सभी साथी भी

डूब चुके हैं। मैंने कुछ तख्तों की सहायता से ही अपनी जान और सामान बचाया है। उन लोगों को मुझ पर विश्वास हो गया और उन्होंने मुझे सामान सहित अपने जहाज पर बिठा लिया।

जहाज के कप्तान को भी मैंने वही बताया। कप्तान के अहसान के बदले मैंने उसे कुछ रत्न देने की कोशिश की। कप्तान ने मुझसे कुछ भी लेने से इनकार कर दिया। बल्कि मेरी जान बचने की खुशी में भगवान् को लाख-लाख धन्यवाद दिया।

इसके बाद हम कई द्वीपों पर गए, पहल द्वीप और फिर नील द्वीप गए। बाद में हम काली द्वीप गए, जहाँ पर सीसे की खानें थीं। वहाँ पर ईख, कपूर आदि भी होता था। काली द्वीप बहुत ही बड़ा था। उस द्वीप में व्यापार बहुत होता था। अपना सामान क्रय-विक्रय करते हुए हम कुछ दिन बाद बसरा पहुँच गए। फिर मैं बसरा से बगदाद चला गया।

इस व्यापार में मुझे बहुत सारे धन का लाभ हुआ। उस धन से मैंने कई मसजिदें बनवाईं और सुख से रहने लगा। इतना कहकर सिंदबाद ने हिंदबाद को फिर अगले दिन आने के लिए कह दिया। दूसरे दिन हिंदबाद और दूसरे मेहमान फिर से इकट्ठा हो गए।

पाँचवीं यात्रा

मैं भी बहुत विचित्र आदमी हूँ। थोड़े दिन आराम करने के बाद पिछले सभी दुःखों को भूल जाता हूँ। इस बार भी ऐसा ही हुआ। मैंने अपनी इच्छा से फिर यात्रा करने का निश्चय कर लिया। मेरी यात्रा पर चलने के लिए कोई कप्तान तैयार नहीं हुआ, इसलिए मैंने अपना एक जहाज बनवा लिया। जहाज में भरने के लिए मेरा सामान बहुत कम था। मैंने अपने कुछ व्यापारी साथियों को भी अपने जहाज पर चढ़ा लिया। इसके बाद हम सब यात्रा पर जाने के लिए समुद्र में आ गए।

चलते-चलते हमारा जहाज एक सुनसान टापू पर पहुँच गया। वहाँ पर रूख पक्षी का एक अंडा रखा हुआ था। मैंने उस अंडे के विषय में दूसरे व्यापारियों को सबकुछ बता दिया। दूसरे व्यापारी भी उस अंडे को देखने के लिए उसके पास आ गए। उस अंडे में से बच्चे की चोंच ठक-ठक की आवाज के साथ बाहर निकल आई। व्यापारियों ने सोचा कि इस बच्चे को भूनकर खा लेना चाहिए। मैंने व्यापारियों को बहुत समझाया, लेकिन वे नहीं माने। उन्होंने कुल्हाड़ी से अंडा तोड़कर बच्चा निकाल लिया और उसे भूनकर खा गए।

कुछ देर में मैंने देखा कि बादल के समान बड़े-बड़े पक्षी हमारी ओर आने लगे। मैंने व्यापारियों से कहा, जल्दी से जहाज पर आ जाओ।

हम भागकर जहाज पर पहुँचे ही थे कि वहाँ पर बच्चे के माता-पिता भी आ गए। उन्होंने जब अंडे को टूटा हुआ देखा तो उन्हें संदेह हुआ कि बच्चे को किसी ने मार तो नहीं दिया। अंडे में बच्चे को न देखकर रूख पक्षी जोर-जोर से चिल्लाने लगे। थोड़ी देर बाद वे पक्षी वहाँ से उड़कर चले गए।

रूख पक्षियों के जाने के बाद हमने चैन की साँस ली और उनके क्रोध से बचने के लिए जहाज को जल्दी-जल्दी एक ओर भगाने लगे। भय के कारण हमारी साँसें तेज हो रही थीं। दूसरे ही क्षण हमने देखा कि रूख पक्षियों का पूरा झुंड हमारे सिर पर आ गया। उन्होंने अपने पंजों में बड़ी-बड़ी चट्टानें फँसा रखी थीं और वे उन चट्टानों को हमारे ऊपर गिराने लगे। एक चट्टान जहाज के पास ही गिरी। उससे पानी इतना ऊपर उछला कि हमारा जहाज डगमगाने लगा। देखते-ही-देखते दूसरी चट्टान जहाज के ऊपर गिर पड़ी और हमारा जहाज चूर-चूर हो गया। मेरे साथी और उनका सारा सामान पानी में डूब गया। मैं एक तख्ते के सहारे किसी प्रकार बचता हुआ एक टापू पर पहुँच गया और मेरी जान बच गई।

मैं उस द्वीप पर कुछ देर आराम करने के लिए बैठ गया। इधर-उधर घूमने के बाद मैंने देखा कि वहाँ पर फलों के कई बाग थे। बाग में कुछ फल कच्चे थे और कुछ मीठे तथा पके हुए फल भी थे। एक स्थान पर मीठे पानी के तालाब से मैंने पानी भी पिया। रात होने पर मैं एक जगह लेट गया, किंतु मुझे भय के कारण नींद नहीं आई। मैं अपने

दुर्भाग्य पर रो रहा था। मैं स्वयं को धिक्कार रहा था कि मेरे पास इतनी दौलत थी कि मैं सारी जिंदगी आराम से गुजार सकता था, फिर मैंने यात्रा करने की मूर्खता क्यों की। साथियों के डूबने से मैं बहुत दुःखी था। अपनी जान बचाने का मैं कोई उपाय सोचने लगा। मैं उस द्वीप से शीघ्र ही बाहर निकलना चाहता था।

सुबह होते ही मैं उठ गया और फल वाले पेड़ों को ध्यान से देखने लगा। तभी मेरी नजर एक बूढ़े पर गई, जो नहर के किनारे बैठा था। वह बूढ़ा बहुत ही कमजोर था और उसके कमर के नीचे का भाग लकवे की बीमारी से पीड़ित था। उस बूढ़े को देखकर मैंने सोचा, शायद यह भी अपनी राह से भटका हुआ यात्री होगा, जिसका जहाज डूब गया होगा। मुझे उस बूढ़े पर दया आ गई। मैंने उसके पास जाकर उसे प्रणाम किया। उसने मुख से कोई उत्तर नहीं दिया, बल्कि सिर हिला दिया।

मैंने सहानुभूति के कारण उस बूढ़े से पूछा, "तुम यहाँ क्या कर रहे हो?" उसने मुझे इशारे से समझा दिया कि वह मेरे कंधे पर बैठकर उस नहर को पार करना चाहता है। मैंने सोचा, शायद यह उस पार जाकर मेरे कंधे पर चढ़कर फल तोड़ना चाहता है। इसलिए मैंने उसे अपने कंधे पर चढ़ा लिया।

नहर पार करके जब मैंने उस बूढ़े को उतारने की कोशिश की तो उसने मेरी गरदन के चारों ओर अपने पैर इस प्रकार कस लिये कि मेरा दम ही घुटने लगा। एकदम मरियल सा दिखाई देने वाला बूढ़ा

शक्तिशाली हो गया। मैं कोशिश करने के बाद भी उसके पैरों को हटा न सका। मेरी आँखें बाहर निकलने लगीं और मैं बेहोश होकर जमीन पर गिर पड़ा।

इसके बाद बूढ़े ने अपने पैर ढीले कर दिए और मैं ठीक से साँस लेने लगा। थोड़ी देर में मुझे होश आ गया। संकेत से बूढ़े ने मुझसे उठने के लिए कहा, लेकिन मैं उठ नहीं सका। तब बूढ़े ने एक पैर मेरे पेट में गड़ा दिया और दूसरा मुख पर मारा। अब मैं उसकी आज्ञानुसार काम करने के लिए विवश था। अब तो उसे उठाकर मुझे घुमाना पड़ा। वह पेड़ों के नीचे जाता, फल तोड़कर खाता और मुझे भी खाने के लिए देता था। वह बूढ़ा मेरे कंधे से उतरने का नाम ही नहीं ले रहा था।

रात हो गई और मैं सोने की तैयारी करने लगा, किंतु वह मेरी गरदन से नहीं उतरा। मेरी गरदन के चारों ओर अपने पैरों का घेरा कसे हुए वह सो गया। सुबह होते ही उसने मुझे ठोकर मारकर जगा दिया और द्वीप में सारे दिन घुमाता रहा। उसे कंधे पर उठाने के कारण मैं पहले ही अधमरा हो चुका था। मुझे उस पर बहुत क्रोध आ रहा था, लेकिन मैं विवश था और कुछ कर नहीं सकता था। वह मुझे एक पल के लिए भी नहीं छोड़ रहा था। यदि मैं कहीं रुक जाता तो वह मुझे पैरों से ठोकर मारता था। उसकी ठोकरों से मुझे बहुत कष्ट होता था।

एक दिन मैंने देखा कि वहाँ पर कद्दू के सूखे खोल पड़े थे। मैंने उन्हें साफ करके उनमें अंगूर का रस निचोड़ दिया। कुछ दिन बाद मैंने

वहाँ जाकर देखा कि अंगूर के रस में खमीर उठ गया और वह शराब बन गई। उस समय मैं बहुत कमजोर हो चुका था। मेरे अंदर शक्ति नहीं थी, इसलिए मैंने शराब पी ली। शराब पीने से मेरे अंदर शक्ति आ गई। मैं अब तेज गति से चलने लगा।

मेरे अंदर शक्ति का संचार देखकर बूढ़े को बहुत हैरानी हुई। बूढ़े ने संकेत से कद्दू की शराब माँगी। मैंने तो सिर्फ थोड़ी सी शराब पी थी, ताकि मेरी थकान मिट जाए। लेकिन उस बूढ़े को शराब पीकर बड़ा आनंद आया। इसलिए उसने पूरे कद्दू की शराब पी ली। उसे बहुत जोर का नशा हो गया। वह मेरी गरदन पर बैठे-बैठे ही गाने, झूमने और डगमगाने लगा। इस कारण उसके पैरों की पकड़ से मेरी गरदन ढीली हो गई। तब मैंने बड़ी चालाकी से उसे जमीन पर पटक दिया और उसके सिर पर पत्थर मार-मारकर मौत के घाट उतार दिया। बूढ़े की पकड़ से छूटने के बाद मुझे बहुत सुकून मिला और मैं दौड़कर समुद्र-तट पर आ गया।

संयोग से उसी समय एक जहाज वहाँ पर आया था। उस जहाज से कुछ लोग मीठा पानी भरने के लिए उसी द्वीप पर उतर गए। जब मैंने उन्हें अपनी आपबीती सुनाई तो वे भी हैरान रह गए। उन्होंने मुझसे कहा, "उस बूढ़े ने तो पता नहीं कितने लोगों को दौड़ाकर और गला घोंटकर मार दिया। आज तक उसके हाथ से कोई नहीं बच पाया। तुम किस्मत वाले हो कि उस बूढ़े के चंगुल से छूट गए। उस बूढ़े के डर से इस द्वीप पर कोई भी नहीं आता।"

इसके बाद वे लोग मुझे जहाज पर ले गए। कप्तान को भी मुझ पर दया आ गई और उसने बिना किराए के ही मुझे जहाज पर बैठा लिया। इसी जहाजी यात्रा के दौरान एक बहुत बड़े व्यापारी से मेरी दोस्ती हो गई।

दूसरे द्वीप पर पहुँचकर उस व्यापारी ने अपने कई नौकर जमीन पर भेज दिए और मेरे हाथ में टोकरा देकर कहा, ''जैसे ये लोग करें, वैसे ही तुम करना। परंतु इन लोगों से कभी भी अलग मत होना, वरना तुम बहुत

बड़ी मुसीबत में फँस जाओगे।"

उस व्यापारी की बात मानकर मैं उन लोगों के साथ टापू पर चला गया। वहाँ पर नारियल के बहुत ऊँचे पेड़ थे, किंतु उन पेड़ों पर चढ़ना असंभव था। उस टापू पर बहुत सारे बंदर रहते थे। बंदर हमें देखते ही पेड़ पर चढ़ गए। मेरे साथियों ने छोटे-छोटे पत्थरों को इकट्ठा किया और बंदरों पर फेंकने लगे। हमें देखकर बंदरों ने नारियल तोड़कर हमारे सिर पर फेंकने आरंभ कर दिए। थोड़ी देर में जमीन पर नारियल-ही-नारियल दिखाई देने लगे। हम लोगों ने जल्दी-जल्दी नारियल टोकरों में भर लिये। इस प्रकार नारियल प्राप्त करने के तरीके को देखकर मुझे बहुत आश्चर्य हुआ।

मैं भी उन लोगों के साथ शहर चला गया। वहाँ हमने नारियल को अच्छी कीमत में बेच दिया। व्यापारियों ने नारियल की कीमत में से मुझे भी हिस्सा दिया और कहा, "तुम रोज इसी प्रकार नारियल इकट्ठा करो और उनसे जो पैसे मिलें, उन्हें इकट्ठा करते जाओ। थोड़े ही दिन में तुम्हारे पास इतना धन जमा हो जाएगा कि तुम अपने देश लौट सकते हो।" मैंने उन व्यापारियों की बात मान ली और कई दिन तक उनके साथ नारियल तोड़कर बेचता रहा। इस प्रकार नारियल बेचकर मेरे पास बहुत सारा धन इकट्ठा हो गया।

कुछ दिन बाद ऐसा हुआ, मैं नारियल की खेप रखकर जहाज में सवार हो गया। जिधर मैं जाना चाहता था, वह जहाज भी उसी ओर जा

रहा था। फिर हमारा जहाज उस द्वीप में गया, जहाँ पर कालीमिर्च पैदा होती थी। इसके बाद हम उस टापू पर गए, जहाँ चंदन और आबनूस के पेड़ बहुत अधिक थे। वहाँ के लोग न तो शराब पीते थे और न ही कोई गलत काम करते थे। मैंने उन द्वीपों पर नारियल बेचकर कालीमिर्च और चंदन खरीद लिया। कुछ व्यापारी समुद्र से मोती निकालने का काम कर रहे थे। मैं भी उस काम में उनका भागीदार बन गया। हमने बहुत सारे मोती समुद्र से निकाले। हमारे पास इतने अधिक मोती देखकर दूसरे गोताखोरों को बहुत हैरानी हुई। मेरे मोती बड़े और सुडौल थे।

इसके बाद मैं दूसरे जहाज पर सवार हो गया और कुछ ही समय में बसरा बंदरगाह पर पहुँच गया। वहाँ पर मैंने चंदन और कालीमिर्च तथा मोतियों को अच्छे दामों पर बेच दिया। मुझे ऐसी आशा नहीं थी कि इस यात्रा में मुझे इतना लाभ होगा। मुनाफे का दसवाँ भाग मैंने गरीबों में दान कर दिया। इसके बाद मैंने सुख-सुविधा की अनेक वस्तुएँ खरीदीं और अपने घर आकर आराम से रहने लगा।

अगले दिन हिंदबाद फिर निश्चित समय पर सिंदबाद की अगली यात्रा का वर्णन सुनने के लिए उसके घर पहुँच गया। और फिर सिंदबाद अपनी छठी यात्रा का वर्णन सुनाने लगा। सब लोग ध्यान से सिंदबाद की यात्रा का वर्णन सुनने लगे।

छठी यात्रा

मेरी पाँच यात्राओं का वर्णन सुनने के बाद तुम्हें यह अनुमान हो गया होगा कि मैंने अपने जीवन में कितने कष्ट सहे हैं। मैंने अपने जीवन में जो भी धन कमाया है, उसके लिए बहुत दुःख उठाने पड़े हैं। कुछ दिन आराम से रहने के बाद मैंने फिर यात्रा करने का निश्चय कर लिया। मेरे सगे-संबंधियों ने मुझे रोकने की बहुत कोशिश की, लेकिन मैंने उनकी बात नहीं मानी। शुरू की यात्राएँ मैंने थल मार्ग से कीं और फारस के कई बड़े-बड़े नगरों में व्यापार किया।

यात्रा करने के इरादे से मैं एक बंदरगाह पर चला गया और जहाज पर बैठकर समुद्री यात्रा पर निकल गया। जहाज का कप्तान तो लंबी यात्रा पर जाना चाहता था, लेकिन कुछ समय बाद ही वह रास्ता भटक गया। वह अपनी यात्रा के दौरान पुस्तकों और नक्शों को देखता रहता था, ताकि उसे मालूम रहे कि वह कौन सी जगह से गुजर रहा है।

एक दिन जहाज का कप्तान पुस्तक पढ़कर रोने लगा। उसने अपनी पगड़ी उतारकर फेंक दी और अपने बाल नोंचने लगा। उसने हमसे कहा कि यहाँ से एक समुद्री धारा हमें एक ऐसे तट पर ले जाकर पटक देगी, जहाँ हमारा जहाज टूट जाएगा। हम सब उसी तट पर मारे जाएँगे। इतना कहकर कप्तान ने रोते हुए जहाज के पाल खोल दिए।

तभी तेज धारा के कारण जहाज पहाड़ी तट से ज़ाकर टकरा गया और चूर-चूर हो गया। हमारा जहाज तट पर ही टूटा था, इसलिए हम खाने का सामान और जरूरी वस्तुएँ किनारे पर ले आए। कप्तान ने हमें समझाते हुए कहा, "किस्मत हमें यहाँ खींचकर ले आई है। भाग्य पर किसी का वश नहीं चलता। चलो, हम सब गले मिलकर रो लें और अपनी-अपनी कब्र खोद लें। आज तक यहाँ से कोई भी जीवित नहीं लौटा।"

कप्तान की बात सुनकर हम सब आपस में गले लगकर रोने लगे। हमने देखा कि वहाँ पर दूर-दूर तक जहाज के टुकड़े और मनुष्य के कंकाल बिखरे पड़े थे। उस स्थान को देखकर ऐसा लग रहा था, मानो वहाँ हजारों यात्री मारे गए हों। वहाँ पर यात्रियों की व्यापार की वस्तुएँ भी बिखरी पड़ी थीं।

उस पहाड़ पर बिल्लौर और लाल की खानें थीं। थोड़ी ही दूरी पर कई नदियाँ एक साथ मिलकर एक गुफा के अंदर जाती थीं। मछलियाँ वहाँ पर जो कुछ भी खाती थीं, कुछ समय बाद उसे उगल देती थीं। वह अभ्रक बन जाती थी।

वहाँ पर अभ्रक के अनेक ढेर लगे थे। समुद्र में समुद्री धारा से बचना बिलकुल असंभव था। जहाजों को विपरीत दिशा में खींचकर ले जाती तेज हवा पहाड़ों की ऊँचाई के कारण रुक जाती थी। पहाड़ भी इतना अधिक ऊँचा था कि उस पर चढ़कर दूसरी ओर पहुँचा नहीं जा

सकता था। हम सब अपने दुर्भाग्य पर रो रहे थे। मृत्यु की प्रतीक्षा करने के अलावा हमारे पास कोई और रास्ता नहीं था।

हम लोग जहाज से जो भी खाना अपने साथ लाए थे, उसे हमनें आपस में बाँट लिया था। हममें से जो भी मरता, हम उसे कब्र खोदकर वहीं पर दफन कर देते थे। मैं सबसे अधिक मुरदे गाड़ता और उसका बचा हुआ खाना ले लेता था। इस प्रकार मेरे पास बहुत सारी खाद्य सामग्री इकट्ठी हो गई। धीरे-धीरे मेरे सभी साथी मर चुके थे। अकेला रहने के कारण मैं और भी दुःखी रहने लगा। मैंने अपनी कब्र भी पहले से ही तैयार कर ली, ताकि मृत्यु का समय पास देखकर मैं कब्र में लेट जाऊँ।

मुझे हर समय मृत्यु का भय सताता रहता था। मैं अपनी आत्मा को बार-बार धिक्कारता था कि ऐशो-आराम की जिंदगी छोड़कर मैं यहाँ मरने के लिए क्यों आ गया! लेकिन पछताने से कुछ नहीं होता। मैं मौत से बचने का उपाय सोचने लगा। एक बड़ी नदी के रूप में नदियाँ मिलकर खोह के अंदर बहती हैं तो वे कहीं-न-कहीं निकलती भी होंगी। हो सकता है कि इसी नदी के सहारे मैं किसी देश में पहुँच जाऊँ। किनारे पर तो अनेक जहाज टूटे पड़े हैं, इसलिए यहाँ तो मौत निश्चित ही है। नदी में जाने के बाद भी मौत से अधिक कुछ नहीं होगा। हो सकता है कि मेरे प्राण बच भी जाएँ।

वहाँ पर मृत यात्रियों के बिखरे हुए कीमती सामान और रत्न तथा खाद्य सामग्री को मैंने नाव पर रख लिया। मैंने सामान की गठरियाँ नाव के

दोनों ओर इस प्रकार रखीं, जिससे नाव हलकी और संतुलित रहे। फिर मैंने डाँड़ सँभाले और खुदा का नाम लेकर नाव को नदी में छोड़ दिया।

धीरे-धीरे नाव गुफा में पहुँच गई। वहाँ पर बहुत अँधेरा था। मुझे कुछ भी दिखाई नहीं दे रहा था। मैं नाव को कभी धारा पर छोड़ देता, तो कभी सुस्ताने लगता, तो कभी-कभी खेने लगता। कहीं-कहीं गुफा की छत मेरे सिर से टकरा रही थी। जिंदा रहने के लिए मैं अपने भोजन में से थोड़ा-थोड़ा खा रहा था। कुछ समय बाद मुझे नींद आ गई और मैं कई घंटे तक सोता रहा। जब मेरी नींद खुली तो मैंने देखा कि नाव एक नदी के किनारे बँधी थी। पास में ही एक नगर था। बहुत सारे काले रंग के लोग मेरे चारों ओर खड़े थे। मैंने उन्हें सलाम करके उनका हाल-चाल पूछा। उन लोगों ने अपनी भाषा में कुछ कहा, लेकिन मेरी समझ में उनकी भाषा नहीं आई।

अपने आस-पास मनुष्यों को देखकर मुझे बहुत खुशी हुई। मैंने अरबी भाषा में चिल्लाकर खुदा का शुक्रिया अदा किया और कहा, "हे खुदा! तुम बहुत दयालु हो। तुम पल-पल मनुष्य की रक्षा करते हो। मनुष्य को कभी भी निराश नहीं होना चाहिए। अपनी आँखें बंद करके स्वयं को ख़ुदा के सहारे छोड़ देना चाहिए।"

मेरे पास जो लोग खड़े थे, उनमें से एक आदमी अरबी भाषा जानता था। वह आदमी मेरी बात समझ गया और कहने लगा, "हम लोगों को देखकर तुम्हें डरने की आवश्यकता नहीं है। हम लोग यहीं के रहने

वाले हैं। नदी से अपने खेतों में पानी देने के लिए हम यहाँ आते हैं। खेतों में पानी इस प्रकार कम आ रहा था जैसे धारा को किसी चीज ने रोक लिया हो, हमने यहाँ आकर देखा तो एक स्थान पर तुम्हारी नाव टेढ़ी होकर अटकी थी, जिसके कारण पानी की धारा कम हो गई। इसलिए तो नदी से पानी कम आ रहा था। तभी एक आदमी तैरकर गया, उसने तुम्हारी नाव को सीधी करके धारा में डाल दिया। इसके बाद तुम्हारी नाव को यहाँ लाकर बाँध दिया। हम जानना चाहते हैं कि तुम कौन हो? और यहाँ कैसे आ गए?"

मैं बहुत भूखा था। भूख के कारण मेरी जान निकली जा रही थी। मैंने उनसे कहा, "पहले कुछ खाने को दे दो। फिर मैं तुम्हें सबकुछ बता दूँगा।" उन्होंने मुझे खाने के लिए कई चीजें दीं। उन्हें खाकर मेरी जान में जान आ गई। फिर मैंने शुरू से लेकर अंत तक सारा हाल बता दिया।

मेरी बात सुनकर उन लोगों को बहुत आश्चर्य हुआ। वे मुझे पकड़कर वहाँ के बादशाह के पास ले गए। मैंने बादशाह को भी सारा हाल बता दिया। वह सरनद्वीप था। मैंने राजदरबार में पहुँचकर देखा कि सिंहासन पर राजा बैठा था। मैंने हिंदू धर्म की प्रथा के अनुसार राजा को प्रणाम किया और उनके सिंहासन को चूमा। बादशाह ने भी मेरा प्रणाम स्वीकार करके मुझसे पूछा, "तुम कौन हो? हम सबकुछ सच-सच जानना चाहते हैं?"

मैंने हाथ जोड़कर कहा, "महाराज! मैं बगदाद का रहने वाला हूँ

और मेरा नाम सिंदबाद है।" इसके बाद मैंने राजा को यात्रा का पूरा वृत्तांत सुना दिया। राजा को भी बहुत आश्चर्य हुआ। राजा ने मेरी यात्रा का वृत्तांत इतिहास की पुस्तकों में छापने के लिए लिख लिया।

इसके बाद राजा ने मेरी गठरियों को खुलवाकर देखा तो उसमें कीमती रत्न और चंदन था। उन सबको देखकर राजा भी हैरान हो गया। मैंने कहा, "महाराज! यह सबकुछ आपका ही है। आप इच्छानुसार इसमें से ले सकते हैं।"

बादशाह ने हँसकर कहा, "नहीं, यह सबकुछ तुम्हारा है। हम इसमें से कुछ नहीं लेंगे।" इतना कहकर राजा ने माल सहित मुझे अच्छे से कमरे में ठहरा दिया। मेरी सुख-सुविधाओं के लिए कई नौकर छोड़ दिए। नौकर मेरा विशेष खयाल रखते थे। अब मैं रोज राजदरबार में जाने लगा। यदि किसी दिन राजा की अनुमति मिल जाती तो राज्य में घूमने चला जाता था। इस प्रकार मैंने वहाँ की देखने योग्य कई चीजें देखीं।

भूमध्य-रेखा के दक्षिण में सरनद्वीप था। वहाँ हमेशा ही दिन-रात बराबर के होते थे। वहाँ पर ऊँचे-ऊँचे पहाड़ हैं। इस द्वीप की लंबाई चालीस कोस है। तीन दिन चलने के बाद ही समुद्र का किनारा आता है। वहाँ पर लाल और रत्नों की बहुत सी खानें हैं। वहाँ पर कोरंडी नाका पत्थर भी पाया जाता है, जो हीरों और दूसरे रत्नों को तराशने के काम आता है।

वहाँ पर फल और नारियल के पेड़ भी अधिक संख्या में पाए जाते हैं। समुद्र में मोती भी अधिक मात्रा में पाए जाते हैं। कुरान और बाइबिल

के अनुसार हजरते आदम, जो आदिपुरुष कहे जाते हैं, उन्हें स्वर्ग से इसी द्वीप के एक पहाड़ पर उतारा गया था।

मैं वहाँ पर बहुत दिन तक रहा और घूम-फिरकर उस द्वीप को अच्छी तरह से देख लिया। तब मैंने राजा से अपने देश लौटने की आज्ञा माँगी। राजा ने मुझे अनुमति के साथ-साथ बहुत सारी बहुमूल्य वस्तुएँ भी दीं। उन वस्तुओं को मैंने इनाम के रूप में खुशी-खुशी स्वीकार कर लिया। राजा ने खलीफा तक पहुँचाने के लिए खलीफा हारूँ रशीद के नाम एक पत्र और कीमती उपहार भी मुझे दिए। मैंने सिर झुकाकर यह स्वीकार कर लिया। इसके बाद राजा ने एक मजबूत जहाज का प्रबंध किया और कप्तान को आदेश दिया कि सिंदबाद को सुरक्षित बगदाद पहुँचाया जाए।

खलीफा के नाम जो पत्र सरनद्वीप के बादशाह ने दिया था, वह पीले रंग के किसी मुलायम चमड़े पर लिखा गया था। वह चमड़ा किसी पशु विशेष का था और बहुत ही कीमती था तथा बैंगनी स्याही से उस पर इस प्रकार लिखा था, "सरनद्वीप के बादशाह की ओर से यह पत्र भेजा जा रहा है। एक हजार सजे-धजे हाथी उस बादशाह की सवारी के आगे चलते हैं, महल की शानदार छतों में एक लाख कीमती रत्न जड़े हुए हैं। राजकोष में अन्य कीमती वस्तुओं के साथ-साथ बीस हजार हीरों से जड़े हुए मुकुट हैं। सरनद्वीप का बादशाह खलीफा हारूँ रशीद को यह उपहार भाईचारे के कारण भेज रहा है।

"हम खलीफा से मैत्री संबंध मजबूत करना चाहते हैं। मैं सरनद्वीप का बादशाह खलीफा की कुशलता की हमेशा कामना करता हूँ।"

बादशाह द्वारा खलीफा को भेजे गए दूसरे उपहारों के साथ एक मणिजड़ित प्याला भी था। उस प्याले का तला पौने दो इंच मोटा था। उसके चारों ओर मोतियों की झालर लगी थी। झालर में लगा हुआ प्रत्येक मोती तीन माशे के वजन का था। अजगर की खाल का एक बिछौना भी था, जिसकी मोटाई एक इंच से अधिक थी। इस बिछौने की विशेषता थी कि उस पर सोनेवाला व्यक्ति कभी बीमार नहीं पड़ सकता था। एक लाख सिक्कों की कीमत की चंदन की लकड़ी थी। चौथे उपहार के रूप में तीन दाने कपूर के थे, जो कि एक-एक पिस्ते के बराबर थे। पाँचवें उपहार के रूप में बहुमूल्य आभूषणों से सुसज्जित एक रूपवती दासी भेजी थीं।

कुछ दिन की यात्रा के बाद हमारा जहाज बसरा के बंदरगाह पर पहुँच गया। मैं अपना सामान और खलीफा को भेजे गए उपहार तथा पत्रों को लेकर बगदाद पहुँच गया। मैं सबसे पहले पत्र और उपहार तथा दासी को लेकर खलीफा के राजमहल में गया।

खलीफा ने अपने सेवकों के द्वारा मुझे अंदर बुलाया। मेरे साथ उपहार तथा पत्र भी था। मैंने जमीन चूमकर खलीफा को पत्र दे दिया। खलीफा ने पत्र पढ़कर मुझसे कहा, "सिंदबाद! तुम तो सरनद्वीप के बादशाह को देख चुके हो। क्या वह इतना ही वैभवशाली और

ऐश्वर्यशाली है, जितना उसने पत्र में लिखा है?"

मैंने खलीफा से कहा, "उसने पत्र में जैसा लिखा है, वह वैसा ही है। मैं उसका वैभव और ऐश्वर्य अपनी आँखों से देख चुका हूँ। उसने पत्र में कुछ भी अतिशयोक्ति नहीं लिखी है। उसके राजमहल की शानो-शौकत का शब्दों में वर्णन करना असंभव है। जब सरनद्वीप का बादशाह कहीं जाता है तो सभी सामंत अपने सजे-धजे हाथियों पर बैठकर उसके पीछे-पीछे चलते हैं। उसके अपने हाथी के हौदे के सामने सुनहरे काम के बरछे हाथ में लेकर अंगरक्षक चलते हैं, पीछे सेवक मोरछल हिलाता रहता है। मोरछल के सिरे पर एक बहुत बड़ा नीलम लगा है। सभी हाथियों के हौदे और साज-सामान का वर्णन करना मेरे वश की बात नहीं है।

"बादशाह की सवारी चलने पर एक उद्घोषक ऊँचे स्वर में कहता है–'जिसके महल में एक लाख रत्न जड़े हैं, यह उस बादशाह की सवारी जा रही है। जिसके पास हीरों से जड़े हुए बीस हजार मुकुट हैं, जिसके सामने ठहरने की किसी भी राजा में हिम्मत नहीं है, फिर चाहे वह राजा हिंदू हो या मुसलमान।'

"पहले उद्घोषक के बोलने के बाद दूसरा उद्घोषक कहता है–'बादशाह के पास चाहे जितना भी वैभव और ऐश्वर्य क्यों न हो, लेकिन इन्हें सबका आशीर्वाद मिलना चाहिए। तभी वे वर्षों तक जीवित रह सकते हैं। मृत्यु निश्चित है। इसे टाला नहीं जा सकता। महाराज की लंबी

आयु के लिए सभी भगवान् से प्रार्थना कीजिए।'

"उस बादशाह के राज्य में न्यायाधीश और कोतवाल नहीं हैं। वह स्वयं ही न्यायप्रिय है। उसका न्याय दूध का दूध और पानी का पानी कर देता है। प्रजा इतनी बुद्धिमान है कि वह किसी पर भी अन्याय नहीं करती और न ही किसी को कष्ट पहुँचाती है। सभी लोग बहुत प्रेम से रहते हैं। इसलिए कानून और व्यवस्था लागू करने की आवश्यकता ही नहीं पड़ती। सरनद्वीप राज्य में पुलिस, कानून, कोतवाल की ज़रूरत नहीं पड़ती।"

इसके बाद खलीफा ने मुझे उपहार देकर विदा कर दिया।

अपनी कहानी सुनाकर सिंदबाद ने कहा कि आप लोग कल इसी समय फिर आना। मैं तुम्हें अपनी सातवीं और अंतिम यात्रा का वर्णन सुनाऊँगा। इसके बाद सभी मेहमान भी अपने-अपने घर चले गए।

सातवीं यात्रा

अगले दिन हिंदबाद निश्चित समय पर सिंदबाद के घर पहुँचा। दूसरे मेहमानों के आने के बाद सबने भोजन किया। थोड़ी देर आराम करने के बाद सिंदबाद ने अपनी अंतिम और सातवीं यात्रा का किस्सा सुनाना आरंभ कर दिया। सब लोग ध्यान से सुनने लगे।

मैंने अटल निश्चय कर लिया था कि अब कभी भी समुद्री यात्रा नहीं करूँगा। मेरी उम्र भी बढ़ रही थी। अब मैं उम्र के ऐसे पड़ाव पर पहुँच गया था कि मुझे आराम से घर पर बैठकर जिंदगी गुजार देनी चाहिए थी, इसलिए कभी यात्रा करने का विचार भी मेरे मन में नहीं आया।

बहुत समय बीत गया। एक दिन मैं अपने मित्रों के साथ खाना खा रहा था। तभी मेरे नौकर ने आकर कहा कि एक सरदार आपसे मिलना चाहता है। वह खलीफा के दरबार से आया था। मैं जल्दी से भोजन करके बाहर आ गया। तब सरदार ने मुझसे कहा कि खलीफा तुम्हें बुला रहे हैं।

मैं शीघ्र ही खलीफा के दरबार में पहुँच गया। मैंने जमीन चूमकर खलीफा को सलाम किया। खलीफा ने मुझसे कहा, "सिंदबाद! देखो, मैं सरनद्वीप के बादशाह के पत्र और उपहारों के बदले उन्हें उपहार भेजना

चाहता हूँ। तुम पत्र और उपहार ले जाओ और सरनद्वीप के बादशाह तक पहुँचा दो।"

खलीफा का आदेश सुनकर मुझे बहुत दुःख हुआ और मैंने हाथ जोड़कर कहा, "समस्त मुसलिम जगत् के स्वामी! आपके आदेश की अवहेलना करने की हिम्मत मुझमें नहीं है। मैं कई समुद्री यात्रा कर चुका हूँ। मैंने अपनी यात्राओं में अनेक कष्ट सहन किए हैं। इसलिए मैंने कभी समुद्री यात्रा न करने का निश्चय किया है।"

इतना कहकर मैंने खलीफा को अपनी छह समुद्री यात्राओं का वर्णन सुना दिया। खलीफा को भी मेरी मुसीबतों के बारे में सुनकर बहुत दुःख हुआ। मेरी दुःख भरी कहानी सुनकर भी खलीफा ने अपना निर्णय नहीं बदला और मुझे सरनद्वीप जाने की आज्ञा देते हुए कहा, "सिंदबाद! तुमने अपने जीवन में बहुत से कष्ट सहे हैं। मेरी आज्ञा से तुम एक बार और समुद्री यात्रा पर चले जाओ। मेरा काम तुम्हारे बिना और कोई भी नहीं कर सकता। फिर कभी तुम यात्रा मत करना।"

मैंने सोचा कि खलीफा अपना निर्णय नहीं बदलेगा, इसलिए बेकार की बहस करने का कोई लाभ नहीं है। मैंने खलीफा के कहने पर यात्रा पर जाना स्वीकार कर लिया। मैंने घर आकर यात्रा की तैयारी कर ली और कुछ ही दिन में खलीफा के दरबार में पहुँच गया। मैंने खलीफा के सामने जमीन चूमकर सलाम किया। खलीफा ने मुझे देखकर मेरी कुशल-क्षेम पूछी और अपनी प्रसन्नता प्रकट की। मैंने कहा, "भगवान् की कृपा और

आपकी दया से मैं कुशल हूँ।" खलीफा मेरे उत्तर से बहुत प्रसन्न हुआ और मुझे यात्रा के खर्च के लिए चार हजार दीनारें दीं।

मैं खलीफा से उपहार और पत्र लेकर बसरा के बंदरगाह पर पहुँच गया। मैं वहाँ से एक जहाज पर सवार होकर सरनद्वीप की ओर चल दिया। मेरी यात्रा बिना किसी परेशानी के समाप्त हो गई। मैं सरनद्वीप के बादशाह के सामने पहुँच गया और अपना परिचय दिया। बादशाह ने मेरी कुशलता पूछी और कहा, "सिंदबाद! मैंने तुम्हें पहचान लिया है।"

मैंने भी बादशाह की न्यायप्रियता व मृदु स्वभाव की प्रशंसा करते हुए कहा, "खलीफा ने आपके लिए एक पत्र और कुछ उपहार भेजे हैं। कृपया आप इन उपहारों को स्वीकार कीजिए।"

खलीफा ने भी चार हजार दीनारों के मूल्य का एक लाल रंग का कालीन भेजा था। उस कालीन पर सुनहरे रंग का काम हो रहा था। एक माणिक का प्याला भेजा था, जिसका तला एक अंगुल मोटा था। प्याले पर एक ऐसे आदमी का चित्र बना था, जो तीर-कमान से एक शेर का शिकार कर रहा था। खलीफा ने एक गज-सिंहासन भी भेजा था, जो ऊपर से लेकर नीचे तक रत्नों से जड़ा हुआ था। वह सिंहासन इतना सुंदर था कि हजरत सुलेमान के तख्त की सुंदरता को भी मात दे रहा था। इनके अलावा भी खलीफा ने बहुत सारी मूल्यवान और दुर्लभ वस्तुएँ भेजी थीं। उपहारों को देखने के बाद बादशाह ने खलीफा का पत्र पढ़ा। उस पत्र में लिखा था-"खलीफा आपको सलाम करता है। मुझे खुशी है कि मैं

आपके उपहारों के बदले उपहार भेज रहा हूँ। हमारे पत्र को पढ़कर आप जान पाएँगे कि हमारे हृदय में आपके लिए कितना प्रेम है।"

खलीफा का पत्र पढ़कर सरनद्वीप का बादशाह बहुत प्रसन्न हुआ। मैंने उनसे विदा माँगी। बादशाह मुझे विदा नहीं करना चाहता था। लेकिन मेरे बार-बार प्रार्थना करने पर बादशाह मान गया।

मैं बादशाह से उपहार लेकर तुरंत अपने जहाज पर आ गया। मैंने कप्तान से तुरंत बगदाद चलने की इच्छा प्रकट की। कप्तान ने जहाज की गति तेज कर दी।

लेकिन भगवान् को कुछ और ही मंजूर था। हमारा जहाज चले हुए केवल चार दिन ही बीते थे कि वहाँ पर कुछ समुद्री लुटेरों ने हमें घेर लिया। हममें इतनी शक्ति नहीं थी कि लुटेरों का सामना कर सकते। लुटेरों ने हमें बंदी बनाकर हमारा सारा सामान लूट लिया। जिन लोगों ने डाकुओं का विरोध किया, उन्हें मौत के घाट उतार दिया। लुटेरों ने हमारे कपड़े उतार लिये और गुलामों जैसे मोटे कपड़े पहना दिए। इसके बाद डाकुओं ने हमें किसी दूर द्वीप पर ले जाकर बेच दिया।

एक मालदार व्यापारी ने हमें खरीद लिया। वह मुझे अपने घर ले गया और मुझे गुलामों के मोटे कपड़े पहना दिए। इसके बाद उसने मुझे खाना खिलाया। वह मेरे बारे में कुछ नहीं जानता था। उसे यह भी नहीं मालूम था कि मैं कौन हूँ और कहाँ से आया हूँ तथा क्या काम करता हूँ?

एक दिन उस व्यापारी ने मुझसे पूछा, "तुम्हें क्या काम करना आता

है?" मैंने कहा, "मैं एक व्यापारी हूँ और व्यापार करना मेरा काम है। कुछ समुद्री लुटेरों ने हमें लूटकर बंदी बना लिया और हमें बेच दिया।"

व्यापारी ने मुझसे कहा, "क्या तुम्हें तीर चलाना आता है?" मैंने उत्तर दिया, "मैंने बचपन में तीर चलाना सीखा था। मैं अब भी तीर चला सकता हूँ।"

मेरा उत्तर सुनकर उस व्यापारी ने मुझे धनुष-बाण दे दिया और मुझे अपने साथ हाथी पर बैठा लिया। वह व्यापारी मुझे शहर से दूर एक घने जंगल में ले गया। उसने मुझे एक पेड़ पर छिपने के लिए कहा। जब मैं पेड़ पर छिपकर बैठ गया तो वह व्यापारी कहने लगा कि इधर से जो भी हाथी निकले उसे मार डालो। जब तुम हाथी का शिकार कर लो तो मुझे सूचित कर देना। उसने मेरे पास भोजन रखवा दिया। इसके बाद वह व्यापारी शहर लौट गया।

मैं सारी रात पेड़ पर बैठा रहा, किंतु कोई हाथी वहाँ पर नहीं आया। दूसरे दिन सुबह वहाँ पर हाथियों का एक झुंड आया। मैंने हाथी पर निशाना लगाकर कई तीर एक साथ छोड़ दिए। तीर के लगने से एक हाथी घायल होकर जमीन पर गिर पड़ा और दूसरे हाथी वहाँ से भाग गए।

मैं दौड़कर शहर आया और मालिक को सूचना दी कि मेरे तीर से एक हाथी घायल हो गया है। मेरा मालिक इस समाचार को सुनकर बहुत खुश हुआ। उसने मुझे तरह-तरह के पकवान और स्वादिष्ट भोजन कराए।

दूसरे दिन मैं अपने मालिक के साथ वन में गया। मालिक की आज्ञानुसार मैंने उस हाथी को गड्ढा खोदकर जमीन में गाड़ दिया। मालिक ने मुझे आज्ञा दी कि जब हाथी सड़ जाए तो उसके कीमती दाँत निकालकर ले आना। हाथी के दाँत बहुत ही मूल्यवान होते हैं।

दो महीने तक मैं उसी पेड़ पर कभी चढ़ता तो कभी उतर जाता था। इसी बीच मैंने हाथियों को निशाना भी बनाया। एक दिन मैं उसी पेड़ पर चढ़कर बैठा था कि कहीं से हाथियों का झुंड आ गया। हाथियों के झुंड ने पेड़ को चारों ओर से घेर लिया और जोर-जोर से चिंघाड़ने लगे। हाथियों की संख्या इतनी अधिक थी कि वहाँ की सारी धरती काली दिखाई दे रही थी। हाथियों के पैरों की धमक से ऐसा लग रहा था, जैसे भूकंप आ गया हो। हाथियों ने मुझे देख लिया था। इसलिए वे पेड़ को जड़ से उखाड़ने की कोशिश करने लगे।

यह देखकर मैं बुरी तरह से डर गया और धनुष-बाण मेरे हाथ से गिर पड़े। एक हाथी ने अपनी सूँड़ में पेड़ को लपेटकर उखाड़ दिया। मैं जैसे ही जमीन पर गिरा, तो हाथी ने मुझे उठा लिया और अपनी पीठ पर रख लिया। बहुत देर तक मैं मुरदे के समान हाथी की पीठ पर पड़ा रहा। मुझे लेकर वह हाथी दूसरी दिशा में चल दिया। दूसरे हाथी भी उसके पीछे-पीछे चलने लगे।

इसके बाद हाथी मुझे बहुत बड़े मैदान में छोड़कर न जाने कहाँ चले गए। हाथियों के जाने के बाद मैंने उठकर चारों ओर देखा। थोड़ी दूर

पर मैंने एक गड्ढा देखा, जिसमें हाथियों के अस्थि-पंजरों का ढेर लगा था। मैंने सोचा कि वास्तव में हाथी बहुत ही बुद्धिमान जानवर है। उन हाथियों ने सोचा कि मैं हाथियों के दाँत लेने के लिए ही उनका शिकार करता हूँ। शायद इसलिए ही हाथियों ने मुझे वह गड्ढा दिखाया होगा। हाथियों का यही संकेत था कि हमें मत मारो। इस गड्ढे में से जितने चाहो हाथी-दाँत ले सकते हो। जब कोई हाथी मरनेवाला होता होगा तो इसी गड्ढे में गिरकर मर जाता होगा।

उस गड्ढे को देखने के बाद मैं वहाँ पर एक पल भी नहीं रुका और अपने मालिक के पास आ गया। पूरे रास्ते मैंने एक भी हाथी नहीं देखा। ऐसा लग रहा था कि शायद हाथी उस जंगल को छोड़कर दूसरी जगह चले गए थे। मेरा मालिक मुझे देखकर बहुत खुश हुआ और बोला, "अभागे सिंदबाद! तू कहाँ चला गया था। मुझे तेरी ही चिंता सता रही थी। मैं तुझे खोजने जंगल में गया था, किंतु वहाँ पर वह पेड़ उखड़ा पड़ा था और धनुष-बाण जमीन पर गिरे पड़े थे। मैंने सोचा कि तू शायद मर चुका है। अब तू मुझे साफ-साफ बता कि तुझ पर क्या बीती और तू जीवित कैसे बचा?"

मैंने अपने मालिक को सारी बात बता दी। उस गड्ढे की बात सुनकर मेरा मालिक बहुत प्रसन्न हुआ। वह हाथी लेकर जंगल में गया और सारे हाथी-दाँत लेकर शहर लौट आया। फिर उसने मुझसे कहा, "भाई, तुमने मेरे ऊपर बहुत बड़ा उपकार किया है, तुम्हारे कारण ही मुझे

इतना धन मिला है, अब तुम भी मेरे गुलाम नहीं हो। उन हाथियों ने मेरे कई गुलामों को मार डाला है। जो कोई उन हाथियों का शिकार करने जाता है, वह जीवित लौटकर नहीं आता। ईश्वर ने हाथियों से तुम्हारी रक्षा की है। ईश्वर करे तुम सौ वर्ष तक जिओ। तुम्हारे ही कारण इस नगर के सभी व्यापारी संपन्न हो जाएँगे। आज मैं तुम्हें बहुत सारा धन देकर स्वतंत्र करता हूँ। तुम अब से गुलाम का जीवन नहीं जिओगे।"

मैंने उस व्यापारी से कहा, "खुदा आपको लंबी उम्र दे। आपने मुझे समुद्री डाकुओं के पंजे से छुड़ाया है, इसलिए मैं आपका आभारी रहूँगा। मेरी किस्मत अच्छी थी कि मैं इस शहर में ही बिका। मेरी आप से यही

प्रार्थना है कि मुझे मेरे देश पहुँचवा दो।"

उस व्यापारी ने कहा, "तुम चिंता मत करो। विशेष ऋतु में कुछ जहाज यहाँ आते हैं और व्यापारी हमसे हाथी-दाँत खरीदते हैं। वे जहाज यहाँ आएँगे तो हम तुम्हें भी उस जहाज पर चढ़ा देंगे। तब तुम अपने देश पहुँच जाओगे।"

मैं बहुत दिन तक जहाज के आने की राह देखता रहा। इसी बीच मैं कई बार वन में गया और ढेर सारे हाथी-दाँत ले आया। उस व्यापारी ने आधे हाथी-दाँत मेरे नाम से एक जहाज पर चढ़ा दिए थे। उसने मुझे बहुत सारी खाने की चीजें भी दीं। मैं जहाज पर सवार हो गया और कई द्वीपों पर होता हुआ फारस के बंदरगाह पर पहुँच गया। फिर थल मार्ग से बसरा पहुँचा। वहाँ मैंने हाथी-दाँत बेचकर कुछ कीमती वस्तुएँ खरीदीं और फिर बगदाद पहुँच गया।

इसके बाद मैं खलीफा के दरबार में गया और उसके द्वारा भेजे गए पत्र और उपहारों को सरनद्वीप के बादशाह के पास पहुँचाने तक का सारा हाल कह सुनाया। यह सुनकर खलीफा ने कहा, "मैं भगवान् से तुम्हारी कुशलता की हमेशा प्रार्थना किया करता था।" खलीफा को मैंने हाथियों वाला अनुभव भी सुनाया।

खलीफा ने आश्चर्यचकित होकर कहा, "लेखनीकार, तुम सिंदबाद के वृत्तांत को सुनहरे अक्षरों में लिखकर शाही अभिलेखागार में रखो।" इसके बाद खलीफा ने मुझे इनाम और उपहार देकर विदा किया।